Tucholsky   Wagner   Zola   Scott   Sydow   Freud   Schlegel
Turgenev   Wallace   Fonatne
Twain   Walther von der Vogelweide   Fouqué   Friedrich II. von Preußen
Weber   Freiligrath
Kant   Ernst   Frey
Fechner   Weiße Rose   von Fallersleben   Frommel
Fichte   Richthofen
Hölderlin
Engels   Fielding   Eichendorff   Tacitus   Dumas
Fehrs   Faber   Flaubert
Eliasberg   Ebner Eschenbach
Maximilian I. von Habsburg   Fock   Zweig
Feuerbach   Eliot
Ewald   Vergil
Goethe   London
Mendelssohn   Balzac   Shakespeare   Elisabeth von Österreich
Lichtenberg   Rathenau   Dostojewski   Ganghofer
Trackl   Stevenson   Doyle   Gjellerup
Mommsen   Tolstoi   Lenz   Hambruch
Thoma   Hanrieder   Droste-Hülshoff
Dach   von Arnim   Hägele   Humboldt
Reuter   Verne   Hauff
Karrillon   Rousseau   Hagen   Hauptmann
Garschin   Gautier
Damaschke   Defoe   Hebbel   Baudelaire
Descartes
Hegel   Kussmaul   Herder
Wolfram von Eschenbach   Schopenhauer   Rilke   George
Darwin   Dickens
Bronner   Melville   Grimm   Jerome
Campe   Horváth   Aristoteles   Bebel   Proust
Bismarck   Vigny   Voltaire   Federer   Herodot
Barlach   Heine
Gengenbach
Storm   Casanova   Tersteegen   Grillparzer   Georgy
Chamberlain   Lessing   Gilm
Langbein   Gryphius
Brentano   Claudius   Schiller   Lafontaine
Strachwitz   Schilling   Kralik   Iffland   Sokrates
Bellamy
Katharina II. von Rußland   Gerstäcker   Raabe   Gibbon   Tschechow
Löns   Hesse   Hoffmann   Gogol   Wilde   Vulpius
Luther   Heym   Hofmannsthal   Gleim
Klee   Hölty   Morgenstern
Ruth   Heyse   Klopstock   Goedicke
Luxemburg   Puschkin   Homer   Kleist
La Roche   Mörike
Machiavelli   Horaz   Musil
Navarra   Aurel   Musset   Kierkegaard   Kraft   Kraus
Lamprecht   Kind   Moltke
Nestroy   Marie de France   Kirchhoff   Hugo
Laotse   Ipsen   Liebknecht
Nietzsche   Nansen   Ringelnatz
Marx   Lassalle   Gorki   Klett
von Ossietzky   Leibniz
May   vom Stein   Lawrence   Irving
Petalozzi   Knigge
Platon   Pückler   Michelangelo   Kafka
Sachs   Poe   Kock
Liebermann   Korolenko
de Sade   Praetorius   Mistral   Zetkin

Der Verlag tradition aus Hamburg veröffentlicht in der Reihe **TREDITION CLASSICS** Werke aus mehr als zwei Jahrtausenden. Diese waren zu einem Großteil vergriffen oder nur noch antiquarisch erhältlich.

Symbolfigur für **TREDITION CLASSICS** ist Johannes Gutenberg (1400 — 1468), der Erfinder des Buchdrucks mit Metalllettern und der Druckerpresse.

Mit der Buchreihe **TREDITION CLASSICS** verfolgt tradition das Ziel, tausende Klassiker der Weltliteratur verschiedener Sprachen wieder als gedruckte Bücher aufzulegen – und das weltweit!

Die Buchreihe dient zur Bewahrung der Literatur und Förderung der Kultur. Sie trägt so dazu bei, dass viele tausend Werke nicht in Vergessenheit geraten.

Das Grundstück

Ernst Wichert

Impressum

Autor: Ernst Wichert
Umschlagkonzept: toepferschumann, Berlin

Verlag: tredition GmbH, Hamburg
ISBN: 978-3-8424-1313-9
Printed in Germany

Ziel der TREDITION CLASSICS ist es, tausende deutsch- und
fremdsprachige Klassiker wieder in Buchform verfügbar zu
machen. Die Werke wurden eingescannt und digitalisiert. Dadurch
können etwaige Fehler nicht komplett ausgeschlossen werden.
Unsere Kooperationspartner und wir von tredition versuchen, die
Werke bestmöglich zu bearbeiten. Sollten Sie trotzdem einen Fehler
finden, bitten wir diesen zu entschuldigen. Die Rechtschreibung der
Originalausgabe wurde unverändert übernommen. Daher können
sich hinsichtlich der Schreibweise Widersprüche zu der heutigen
Rechtschreibung ergeben.

Am großen Friedrichsgraben. Federzeichnung von Ernst Wichert.

An dem Mingeflusse, welcher, in Russisch-Litauen entspringend, den in Nordosten in einen schmalen Zipfel auslaufenden preußischen Grenzbezirk in vielen Windungen durchläuft und vorüber an dem Marktflecken Prökuls einige Meilen südlich unterhalb der von den Schiffern gefürchteten »Windenburger Ecke« dicht neben dem mächtigen Rußstrom eine Ausbuchtung des Kurischen Haffs erreicht, liegen lang hingezogen einige litauische Ortschaften, deren Höfe nicht ein geschlossenes Dorf bilden, sondern in der Nähe des Ufers ausgebaut sind.

Wer auf flachem Kahne das Flüßchen hinauffährt, bemerkt von Zeit zu Zeit rechts und links eine Anpflanzung von Birken, Ellern und Linden, einen kleinen Busch bildend, und mitten darin einige Häuschen von Holz mit Stroh-, mitunter auch Ziegeldach. Sie bilden den wirtschaftlichen Mittelpunkt einer bäuerlichen Besitzung von einer oder zwei Hufen Acker- oder Weidelandes. Oft gehört auch ein Stück Heide, ein Torfstich und eine Haffwiese dazu.

Einer dieser Höfe gehörte von früher Zeit her der litauischen Familie Karklies. Das Wohnhaus war eines der größeren und ganz in der alten Weise aus übereinandergelegten, an den Ecken verkröpften vierkantigen Hölzern erbaut, die nun längst grau geworden waren. Auf der vorderen Schmalseite zeigte sich das Giebelfeld unter dem vermoosten Strohdach in Quadrate abgeteilt, deren Täfelungen immer in schräger Richtung zueinander standen und so ein zierliches Muster bildeten. Die vorderen Dachleisten kreuzten sich und liefen in Pferdeköpfe aus, deren einer allerdings kaum noch erkennbar war, da das Brett nach oben hin, wo der Ausschnitt das Hervortreten der Augenknochen und der Nüstern andeuten sollte, abgesplittert hatte. Drei kleine, fast viereckige Fenster mit grünglasigen Scheiben waren oben und unten mit ausgezackten Bordbrettchen und zu beiden Seiten mit blau gestrichenen Laden versehen. Links überragte das Dach, sich auf geschnitzte Holzpfeiler stützend, eine kleine offene Halle, in welcher sich hinten die Haustür befand. Zwei aus einfachen Feldsteinen gefügte Stufen führten zu derselben. An der bis zur halben Pfeilerhöhe hinaufreichenden Verkleidung hin lief ein schmales Bankbrett. Auf der andern Langseite, aber mehr nach hinten hin und vom Flur aus zugänglich, trat ein auf ebensolchen Pfeilern ruhender Vorbau in das Gärtchen hinein, in welchem einige alte Birken und Linden standen, die im Sommer das Dach beschatteten und dem Sonnenglanz und Goldregen am Staketzaune nur den knappsten Raum gönnten. Die Scheune nahm den hinteren Teil des Hauses ein. Auch ein zweites, sich in derselben Richtung langhinstreckendes, aber dreißig Schritte zurückgelegtes Gebäude mit Lehmwänden, das in den unteren Räumen Stallungen für einige Pferde und Kühe, oben Vorratskammern enthielt, war außen mit Birken umpflanzt, während es vorn mit der hinteren Giebelseite des Wohnhauses und gegenüber einem offenen Bretterschuppen zusammen eine Art Hof abgrenzte, in dessen Mitte ein Tümpel lag, der von den Enten als Teich benutzt wurde, solange ihn die Julisonne nicht völlig ausgetrocknet hatte. Dieses Stallgebäude zeigte deutliche Spuren des Verfalls. An einigen Stellen war das Dach durch Stangen gestützt, Löcher in den Wänden wurden durch Strohwische verstopft, und die Türen hingen bedenklich schief in den Angeln. Dadurch erhielt das Ganze aber nur noch mehr malerischen Charakter. Ein je nach der Jahreszeit schmutziger oder staubiger Fahrweg stellte die Verbindung mit der Landstraße her; ein schmaler sandiger Weg führte zum Flüßchen hinab und setzte sich in einem Brette fort, das in demselben auf einer zwei Pfähle verbindenden Latte auflag und das Wasserschöpfen erleichterte. Ein zum Segeln eingerichteter Fischerkahn und ein kleines, sehr schlechtes Fährboot lagen hier angebunden. Einige Bienenkörbe auf einer Bank im Schutze des Hauses sollen nicht vergessen sein.

So sah Karkleninken vor etwa dreißig Jahren aus, als sich dort etwas ereignete, wodurch überhaupt erst die Aufmerksamkeit auf dieses abgelegene Plätzchen Erde gelenkt wurde. Die Besitzer waren schwerlich wohlhabender als ihre Nachbarn, aber doch wohlhabend genug, um zu den litauischen Familien zu zählen, die sich auf ihrem Erbe zu behaupten vermochten, so wenig sie auch von ihren oft recht unwirtschaftlichen Gewohnheiten zu lassen gewillt waren. Vor nicht allzulanger Zeit verzehrten noch zwei Altsitzer zugleich, der eine verwitwet, der andere mit seiner Frau, ihr Ausgedinge in der Kammer neben der großen Wohnstube, und stets waren Geschwisterkinder des Wirtes als Knechte und Mägde gegen eine Lohnvergütung tätig, die zum großen Teil in dem Ertrage eines Stückes Acker und sonstigen Naturalien bestand. Annus Karklies hatte so eine Verwandte geheiratet, die seit ihrer Kindheit auf dem Grundstücke Pflege erhielt, da ihr Vater, ein Bernsteintaucher, sich ein Lungenleiden zuzog und früh starb. Es war für ihn ein Erbteil eingetragen, das nun gelöscht werden konnte. Ohne diese Erleichterung für das Grundstück hätte Annus die hübsche Edme, so gut sie ihm auch gefiel, wohl nicht geheiratet. Er wartete damit auch, bis die beiden Altsitzer gestorben waren und nur noch die alte Frau zu verpflegen blieb. Er hätte, da es ihm an Fleiß und Umsicht nicht fehlte, etwas vor sich bringen können, wenn das Verhältnis zu seiner Mutter besser gewesen wäre. Da sie sich aber mit der Schwiegertochter nicht vertrug, die sie noch immer als eine Untergebene behandeln wollte und oft genug durch den Vorwurf kränkte, daß sie ihrem Manne zu wenig eingebracht habe, stellte sie sich auf den Boden des Vertrages und zog bei jeder Gelegenheit ihr Dokument vor, um zu beweisen, daß sie mehr zu fordern habe, als ihr geboten wurde, und lief aufs Gericht, ihre Klage anzubringen. Dann wurden die Prozesse mit großer Hartnäckigkeit von beiden Seiten durchgeführt. Die Gerichtskosten und Zeugengebühren verzehrten alljährlich einen großen Teil der stets spärlichen Barmittel oder nötigten zu ungünstigen Verkäufen der gewonnenen Früchte. Edme war eigensinnig immer nur auf den Nutzen des Grundstückes bedacht und machte sich das Leben schwer. Sie meinte, ihrem Manne, wenn er sich gegen seine leibliche Mutter hart bewies, eine Stütze sein zu müssen und nahm deren Haß auf sich. Wegen der »eisernen Kuh«, die sie zu füttern und die Altsitzerin zu melken hatte, gab's fast täglich Streit.

So waren vierzehn Jahre hingegangen, als Annus Karklies an einem Dezembertage eine sehr unglückliche Schlittenfahrt machte. Die Minge war gegen Ende November bei scharfem Frost zugefroren. Dann hatte sich aber Tauwetter eingestellt und die Eisdecke gelockert. Auf weiten Strecken stand das Wasser darüber. Man hielt die Bahn nicht mehr für sicher, und auch Karklies war morgens zum Termin nach Prökuls lieber durch den aufgeweichten Schnee der Landstraße gefahren. Auf dem Gerichte hatte er viel Ärger gehabt und sich dann im Kruge betrunken, was sonst nicht seine Gewohnheit war. Ohne recht zu wissen, was er tat, hatte er den Rückweg über den Fluß genommen und war eingebrochen. Wahrscheinlich hatte er auf dem Schlitten geschlafen und war unter das Eis geraten, bevor er zur Besinnung kam. Mit ihm ertranken die beiden Pferde. Der Postbote, der den Weg am Ufer entlang ging, sah sie bereits wieder aufgetrieben und schlug auf dem nächsten Gehöfte Lärm. Als mit Mühe der Schlitten gehoben war, fand man auch die Leiche des Wirts.

Edme blieb zurück mit vier Kindern, von denen das älteste dreizehn, das jüngste kaum vier Jahre alt war. Das Begräbnis kostete viel Geld, und was noch die schwersten Sorgen verursachte: die beiden Pferde fehlten in der Wirtschaft, als im Frühjahr gepflügt werden sollte. Unter den härtesten Bedingungen, da die Alte nicht mit ihrem Ausgedinge zurücktreten wollte, erhielt sie durch Vermittlung des schlauen Winkelkonsulenten Davids Petrusch, der nicht in dem besten Rufe stand, ein Darlehn, das doch nirgends zureichte. Bei der Saatbestellung und später im Sommer bei der Ernte wurde überall der Mann vermißt. Es dauerte wohl noch zehn

Jahre, bis der älteste Sohn ihn ersetzte. Solange konnte Edme das Grundstück gar nicht für ihn halten. Und wenn doch, in welchem Zustande würde er es annehmen müssen, und wie sollte er seiner Mutter ein zweites Ausgedinge gewähren, seinen Geschwistern das Vatererbteil auszahlen und sie bis zur Großjährigkeit unterhalten? So ließ sich gar nicht rechnen.

Sie sehnte sich keineswegs nach einer zweiten Heirat, aber das Grundstück brauchte einen neuen Wirt. Und einen, der etwas mitbrachte! Das war die Hauptsache. Es wurde darüber gesprochen wie über etwas ganz Selbstverständliches. Die Karklene selbst sprach in der Nachbarschaft ganz unbefangen davon und gab Davids Petrusch Auftrag, sich nach einem passenden Freier umzusehen. Hübsch oder häßlich, jung oder alt, darauf kam wenig an. Aber bares Geld müsse er zur Verfügung haben, damit die Wirtschaft wiederhergestellt werden könne.

Edme war fünfunddreißig Jahre alt und hatte einmal für eine Schönheit gegolten. Sie konnte sich trotz der faltigen Stirn noch immer unter den jüngeren Frauen sehen lassen, besonders wenn sie Kirchentoilette gemacht hatte. Ihre blaugrauen Augen blickten freilich etwas streng, und um den Mund spielte selten ein freundliches Lächeln. Aber für böse galt sie nicht, nur für entschieden, vielleicht für rechthaberisch. Das mochte sie sich so im Verkehr mit der Schwiegermutter angewöhnt haben. Sie hatte unter den andern Wirtsfrauen gerade keine Freundinnen, aber man lobte sie gern wegen ihrer Tüchtigkeit und hatte ihr auch sonst nichts nachzusagen, am wenigsten, daß sie gefallsüchtig sei und darauf ausgehe, Freier anzulocken. Sie mußten von selbst kommen. Mit dem Grundstück war sie für einen jüngeren Wirtssohn noch immer eine gute Partie. Da hätte sie auch weniger hübsch und ein paar Jahre älter sein können!

Es kamen auch Losleute die Menge, »sich die Wirtschaft anzusehen« und bei der Gelegenheit auch die Frau in Augenschein zu nehmen. Edme wußte, was sie herführte, und kannte die einleitenden Redewendungen, die in solchem Falle üblich waren. Sie ließ es auch ihrerseits an den nötigen Erkundigungen nicht fehlen und übereilte sich so wenig als sie. Handelte es sich doch nicht um ein verliebtes Weibchen, sondern um eine ehrbare Witwe, die wegen Haus und Hof wieder heiraten mußte.

Eines Tages kam die alte Katre Szelagene aus Szelagen-Peter-Purwins zu ihr und brachte das Gespräch auch gleich auf den bestimmten Punkt. »Ich höre, du willst wieder heiraten«, sagte sie.

»Ja – wenn es so paßt«, antwortete Edme.

»Das versteht sich von selbst«, meinte die Alte. »Aber es könnte wohl passen.«

»An wen denkst du?« fragte die Frau.

»An meinen zweiten Sohn, den Jurrey, mein Täubchen, an den denke ich.«

»Der Jurrey ist mir doch zu jung.«

»Nun, er hat dreißig Jahre hinter sich, das ist doch nicht zu wenig zum Heiraten.«

»Aber ich fünfunddreißig, Katre. Ich will mich nicht jünger machen als ich bin.«

»Das hast du auch nicht nötig, mein Fischchen. Wegen der fünf Jahre brauchst du dir keine Gedanken zu machen. Einen jungen Mann zu haben, der nicht zu jung ist, nennt keiner ein Unglück, und dem Jurrey kann's wahrlich nicht schaden, eine verständige Frau zu bekommen, die ihn in Ordnung hält.«

Edme bedachte sich ein Weilchen. »Ich glaubte, Jurrey wolle eine andere heiraten«, sagte sie dann ganz ruhig.

»Ja, das mag ihm wohl so im Sinne gelegen haben«, entgegnete die Alte. »Aber es kann daraus nichts werden. Er hat am Kanal gearbeitet und da die Mare Admoneit kennengelernt, die beim Budiker diente. Sie ist eine hübsche Person, und ihr Vater war Wirt an der Grenze, hat aber sein Grundstück vertrunken und reitet nun für die Juden. Jurrey nahm sie zu sich, und es ist dann gegangen, wie es so geht. Für ihr Kind läßt sich etwas tun, aber heiraten kann er sie nicht, das weiß sie auch selbst. Das väterliche Grundstück hat sein Stiefbruder angenommen, dem von seiner Mutter her die Hälfte gebührt, und von den vierhundert Talern, die für ihn als Vatererbe eingetragen sind, kann er doch nichts kaufen, was ihn mit Weib und Kind nährt.«

»Vierhundert Taler sind für ihn eingetragen?« fragte Edme.

»Ja, vierhundert Taler, und wenn es darauf ankommt, können sie gleich bar ausgezahlt werden. Der Herr Rechtsanwalt kennt einen Memeler Herrn, der das Dokument gern annimmt.«

»Mag der Jurrey sich nur vorsehen«, bemerkte Edme. »Die Mare wird ihn verklagen und auf sein Erbteil Beschlag legen lassen.«

Katre zwinkerte listig mit den kleinen Augen. »Das wird nicht geschehen, mein Häschen«, entgegnete sie. »Die vierhundert Taler sind schon zum Schein an einen guten Freund abgetreten. Das Geld soll künftig von dem Memeler Herrn geradeaus an Jurrey gezahlt werden oder an seine Frau. Für dich wär's schon immer eine große Hilfe.«

Edme nickte. »Aber es ist doch fraglich, ob die Mare nicht heran kann«, sagte sie. »Ich will nicht für ein fremdes Kind meine eigenen Kinder schädigen und am Ende noch den Mann umsonst mit ernähren.«

»Das Kind würde ich selbst in Pflege nehmen«, beruhigte die Alte. »Wenn mein Jurrey sich so gut einheiratet, soll mir das nicht zuviel sein.«

Die Karklene versprach, sich's überlegen zu wollen. Die vierhundert Taler hatten ihr einen guten Klang, und sie erinnerte sich nun auch, daß Jurrey Szelags in Berlin bei der Garde gedient hatte, weil er groß und gut gewachsen war, und daß nach seiner Rückkehr jedesmal, wenn er in die Kirche trat, eine merkliche Unruhe unter den jungen Mädchen entstand. An dem Verhältnis mit der Mare Admoneit nahm sie gar keinen Anstoß. Sie wollte sich's wirklich überlegen und führte deshalb die Altsitzerin Katre Szelagene im Hause, im Stall und in der Kleie (dem Speicher) herum, damit sie alles in Augenschein nehmen könnte, was etwa ihr Sohn zu erwarten habe, zeigte ihr auch die Kinder und lobte sie wegen ihrer Folgsamkeit.

Nachdem die Alte gegessen und getrunken hatte, entfernte sie sich mit bestem Dank. Edme ließ ein paar Wochen vergehen. Da sich aber eine bessere oder auch nur gleich gute Partie nicht fand, stattete sie ihr dann den Gegenbesuch ab und meinte, sie wolle den Jurrey zuerst einmal auf ein oder zwei Monate »auf Probe« als Knecht annehmen. Sie könnten dann beide mit sich einig geworden sein, ob sie füreinander paßten. Die vierhundert Taler müßten ihr aber jedenfalls selbst in die Hand gegeben werden und sogleich.

Auf diese Verabredung zog Jurrey Szelags als Knecht an. Jeder in der Nachbarschaft wußte, daß er den Ehemann auf Probe spielen sollte, und darin fand niemand etwas Bedenkliches. Das geschah in solchen Fällen oft so und war eigentlich auch ganz in der Ordnung, da man einander doch erst in der Wirtschaft näher kennenlernen mußte. Jurrey war fast sechs Fuß hoch, breit in den Schultern und dabei schlank, er hatte ein glattes, frischfarbiges Gesicht und muntere Augen. Er trug eine blaue Tuchjacke mit vielen kleinen Knöpfen, ein rotes Halstuch und ein schneeweißes Beinkleid von englischer Leinwand, als er sich vorstellte, und sah viel stattlicher und sauberer aus, als es dem verstorbenen Karklies jemals hatte gelingen wollen. Von der beabsichtigten Heirat wurde natürlich kein Wort gesprochen, dafür aber ganz ordnungsmäßig der Lohn verabredet. Die vierhundert Taler zählte er auf den Tisch und bat Edme, sie ihm vorläufig aufzuheben, da sie bei ihr sicherer wären als bei ihm. Wollte sie davon etwas entnehmen, so würden sie sich wegen der Zinsen ja leicht einigen.

Er arbeitete den Tag über recht fleißig und saß abends nach dem Essen auf der Bank in der Halle oder unter den Birken im Gärtchen, seine kurze Pfeife rauchend und mit den Kindern plaudernd, die den gutmütigen und immer lustigen Menschen rasch liebgewannen. Auch Edme gesellte sich mit ihrer Handarbeit meist zu ihnen. Der Jurrey Szelags gefiel ihr mit jedem Tage mehr. Es war das erstemal in ihrem Leben, daß sie einen Mann so mit Wohlgefallen betrachtete. Denn Annus hatte sie geheiratet, weil er ihr bestimmt war, und es in ihrer Lage Torheit gewesen wäre, den wohlbegüterten Wirt abzuweisen. Ob sie ihm gut sei, hatte sie sich kaum gefragt. Jetzt zuerst bemerkte sie, daß ein Mann hübsch oder gar schön sein, und daß es ein Vergnügen sein könne, ihn anzusehen. Sie fühlte sich so ganz eigen beunruhigt, wenn Jurrey sie beobachtete, ohne zugleich das Wort an sie zu richten; und wie jetzt mitunter ihr Herz schlug, wenn er mit ihr allein auf der Bank saß und ihr vertraulich näher rückte, so hatte es ihr noch nie vorher geschlagen. Sie machte sich ernstlich Gedanken darüber, ob das nicht ein Grund wäre, ihn fortzuschicken. Einen Mann heiraten zu wollen, der solche Macht über sie gewann, kam ihr ganz unvernünftig vor.

Aber jeden Tag überzeugte sie sich auch mehr, daß sie schon gefesselt sei und nicht wieder freikommen könnte, ohne sich einen großen Schmerz zuzufügen. Davor scheute sie zurück. Sie spähte nun nach Untugenden, die ihr Jurrey verleiden könnten. Es blieb ihr nicht verborgen, daß er der Flasche gern zusprach. Er hätte sich's bei der Arbeit auf dem Bagger und am Kanal so angewöhnt, sagte er, und könnte sich's als Wirt auch wieder abgewöhnen; über den Durst zu trinken, sei niemals seine Art gewesen. Und über den Durst tranken ja sogar oft genug die litauischen Weiber: an den Sonntagnachmittagen konnte man sie in den Chausseegräben liegen und ihren Rausch ausschlafen sehen. Wenn sie Jurrey beständig unter Aufsicht hätte –! Sie sah ein, daß sie sich nicht gegen ihn erzürnen könnte, und gab sich nun bald Mühe, ihm zu gefallen.

Sobald er das merkte, sagte er ihr allerhand Schmeichelhaftes über ihr gutes Aussehen, über ihre weißen Zähne und roten Backen, über ihre Beliebtheit bei den Nachbarn, auch über ihre Wirtschaftlichkeit und strenge Kinderzucht. Er stieß sie mit der Schulter an, wenn er ihr begegnete, und lachte dazu; er rückte auf der Bank dicht an sie heran und ließ die Pfeife ausgehen, um den Arm für sie frei zu haben. Er brachte das Gespräch auf die notwendigen Anschaffungen und hatte schon wenig Mühe, sie zu bewegen, von seinem Gelde zwei Kühe und ein besseres Gespann Pferde anzukaufen, durch den Maurer den Stall in Ordnung bringen zu lassen, ihre Schulden zu bezahlen und ihn selbst dafür als Gläubiger anzunehmen. »Das ist doch nur so –«, meinte er und schnippte in die Luft. Die vierhundert Taler waren bald bis auf einen kleinen Rest ausgegeben, und nun fühlte Jurrey sich schon als Mitbesitzer. Es war nicht daran zu denken, daß Edme ihn wieder laufen ließ; sie hätte die ganze Wirtschaft ruinieren müssen. Eines Abends, als sie lange beim Mondschein unter den Birken gesessen und vertraulich geplaudert hatten, vergaß sie die Stubentür zu verriegeln. Sie schien sehr böse zu sein, als er ihr nachschlich, aber er kehrte sich nicht daran. Seitdem lebten sie zusammen wie Mann und Frau, bevor noch der Herr Pfarrer den Segen gesprochen hatte. Doch bestellten sie bei ihm das Aufgebot und ließen den gerichtlichen Taxator herauskommen, das Grundstück für die Teilung abzuschätzen. Er wurde den Tag über sehr reichlich verpflegt, damit er möglichst niedrig schätze. Das war der Vorteil der Frau, wenn sie das Grundstück zum Eigentum annahm, wie sie das Recht hatte.

Als diese Geschäfte geordnet waren, wurde nach einigen Wochen die Hochzeit gefeiert – drei Tage lang, wie es die litauische Sitte wollte. Das Geld reichte nicht einmal dazu, aber die Ernte war nicht schlecht gewesen, und der Krüger, von dem die Getränke entnommen wurden, kreidete gern an. Nun war aus der Edme Karklene die Edme Szelagene geworden, und das Grundstück hatte wieder einen Wirt. Die Gäste konnten nicht müde werden, Edme zu dem »hübschen jungen« Mann und Jurrey zu der »guten Wirtin« Glück zu wünschen. Im Grundbuche ließ er der Ordnung wegen vermerken, daß er mit der Annehmerin verheiratet sei. Es gehörte ihm von Rechts wegen nun soviel davon als ihr.

Eine Zeitlang lebten die Eheleute ganz verträglich miteinander. Das Verhältnis war aber doch anders, als Edme es von ihrem ersten Mann her kannte. Karklies war der Herr im Hause gewesen. Nun konnte sie nicht vergessen, daß sie eine Weile selbständig gewirtschaftet und ihrem zweiten Manne das Grundstück zugebracht hatte. Und ebensowenig, daß Jurrey fünf Jahre jünger war als sie. Es schien sich ganz von selbst zu verstehen, daß sie die Anordnungen gab und er sie nur ausführte. Wenn er in der Wirtschaft etwas unternahm, ohne vorher ihre Genehmigung eingeholt zu haben, so ließ sie ihn ihre Unzufriedenheit fühlen und mäkelte an der Ausführung herum, bis er ärgerlich und gelegentlich auch grob wurde. Das Grundstück blieb ihr Grundstück. Nach außen hin mochte er die Ehre haben, für den Wirt zu gelten – das war sie schon sich selbst schuldig –, aber im Hause sollte er ducken. Bei seiner Gutmütigkeit vermied er es, sie zu reizen, und ging ihr aus dem Wege, wenn sie bei schlechter Laune war. Immer gelang's doch nicht. Und verdrießlich war es ihm denn doch, daß er nichts zu sagen haben sollte. Kochte ihm einmal die Galle über, so polterte er wohl seine Meinung heraus, daß er dasselbe Recht habe wie sie, und sich nicht wie einen dummen Jungen behandeln lassen werde, wo er der Herr sein könne. Dann lachte sie ihn hochmütig aus und antwortete: »Ich sage ja nur, wie ich's haben will. Willst du's anders haben, so können wir nicht in Einigkeit leben, und das wird mehr dein Schade sein als der meine.« Sie war ihm recht gut und konnte noch immer zuzeiten sehr zärtlich sein; nur durfte er darauf nicht trotzen.

Edme hatte die Schlüssel, nicht nur zur Speisekammer und zum Wandschrank, sondern auch zur Klete. Sie händigte sie ihm nicht einmal aus, wenn etwas herausgenommen werden sollte, sondern ging selbst mit und verschloß wieder oder schickte eins von den Kindern. Sie mißtraute ihrem Manne, daß er nicht ehrlich verfahren und einen Scheffel Getreide oder ein Bund Flachs für sich nehmen könnte, um sich heimlich einen Trinkgroschen zu verschaffen. Wenn Vorräte verkauft werden sollten, fuhr sie regelmäßig mit, handelte selbst mit dem Kaufmann und strich auch selbst das Geld ein. Zu jeder Ausgabe erhielt er das Erforderliche vorgezählt. Ging er in den Krug, was sie immer ungern sah, so bekam er ein Taschengeld, das nach ihrer Meinung zureichen konnte. Zu Hause füllte sie nicht immer seine Branntweinflasche, sobald er sie ihr leer hinreichte, sondern setzte ihn auf ein bestimmtes Maß. »Gibt man dir, soviel du willst,« meinte sie, »so würdest du bald Haus und Hof fortgetrunken haben.« Das empörte ihn zumeist, denn er war oft durstig.

Edme rechnete doch zu sicher auf seine Gefügigkeit. Mitunter ging er ohne Abschied fort und blieb dann gleich die ganze Nacht aus, auch wohl noch einen Tag. Das geschah anfangs selten, gewöhnlich nach einem heftigen Wortstreit, aus dem sie als Siegerin hervorgegangen war. Tagelang gönnte sie ihm dann keinen freundlichen Blick, bis er abgebeten und Besserung versprochen hatte. Nach einiger Zeit brauchte er schon solchen Anlaß nicht mehr. Am Sonnabendnachmittag ließ er sich nicht halten. Das Fuhrwerk freilich durfte er nicht benutzen, und auch den Kahn hatte Edme angeschlossen; zu Fuß nach dem Marktflecken zu gehen, konnte sie ihn doch nicht hindern. Nun legte sie sich aufs Bitten, aber er entgegnete: »Tu' ich nicht meine Arbeit? Was willst du mehr? Die andern Wirte sitzen auch nicht immer zu Hause. Man will einmal erfahren, was in der Welt vorgeht. Ich habe von früher her gute Freunde, mit denen treffe ich zusammen. Und die Verwandtschaft will doch auch wissen, ob man noch lebt. Es geht dich nichts an.«

Unerklärlich war ihr's nur, wo er die Mittel zu seinen Ausschweifungen hernahm. So genau sie aufpaßte – und sie war jetzt noch mißtrauischer als früher –, eine Veruntreuung ließ sich ihm nicht nachweisen. Fragen mochte sie ihn nicht. Sie fürchtete eine Antwort zu bekommen, die ihr nicht gefallen könnte. Und sie würde doch für nichts gutstehen dürfen, dachte sie sich, wenn sie von nichts wüßte. Der Krüger freilich rechnete anders: er schrieb ohne Widerrede an, was Jurrey schuldig blieb, und wahrscheinlich noch etwas mehr. Der war ihm ja sicher. Von Zeit zu Zeit sagte er ihm einmal: es sei schon soundso viel. Jurrey nickte und antwortete: »Laß noch wachsen – es ist hinterher dasselbe.«

Eines Tages forderte er von Edme Geld. Es war eine beträchtliche Summe. »Was willst du damit?« fragte sie ihn überrascht.

»Schulden bezahlen«, entgegnete er patzig. Er hatte sich vorgenommen, recht keck aufzutreten und ihr endlich einmal den Herrn im Hause zu zeigen.

»Was für Schulden?« fuhr sie ihn an. »Ich habe keine.«

»Aber ich! Das ist das gleiche.« »Das ist nicht das gleiche. Wer dir geborgt hat, mag zusehen, wie er zu dem Seinigen kommt.«

»Der Krüger wird mich verklagen.«

»Das kümmert mich nicht.«

»Meinst du? Aber wenn der Exekutor anrückt –«

»Er mag dir nehmen, was du hast.«

Jurrey lachte. »Er wird nehmen, was er findet.«

Die Frau hob das Kinn und sah ihn über die Schulter an. »Das Grundstück gehört mir.«

»Aber ich bin mit eingetragen«, antwortete er.

»Das hat nichts zu bedeuten«, meinte sie.

»Das wirst du schon sehen!« Da sie darauf schwieg und sich mit ihrer Arbeit beschäftigte, fragte er: »Willst du mich auslösen?«

»Nein«, sagte sie sehr bestimmt.

»So gib mir von *meinem* Gelde.«

Edme blickte verwundert um. »Von *deinem* Gelde?«

»Ja – was ich eingebracht hatte.«

»Wo ist das?« »Du wirst doch nicht vergessen haben –«

»Du hast es ja selbst ausgegeben.«

»Ja, fürs Grundstück.«

»So steckt's darin. Ich habe dein Geld nicht.«

»Ja, dann ...« Er schloß den Satz nicht, sondern fing an zu pfeifen. Er hatte gemeint, daß sie wild werden und gewaltigen Lärm schlagen werde. Das geschah nun nicht; sie blieb nur bocksteif. Wie denkt sie sich das eigentlich? überlegte er. Das Pfeifen ärgerte sie. Daß ihm nicht so lustig zumute wäre, wußte sie ganz gut. Sie hielt aber an sich. Wenn nur von dem Gelde gar nicht mehr gesprochen würde.

Nach einiger Zeit schickte sie Jurrey mit Getreide zur Mühle in der Nähe des Marktfleckens. Sie konnte nicht mitfahren, weil es gerade in der Wirtschaft zuviel zu tun gab, setzte aber ihr ältestes Töchterlein auf den Wagen und sagte: »Du bleibst bei den Pferden und siehst darauf, daß der Vater gleich zurückkommt.«

Der Befehl war aber leichter gegeben als ausgeführt. Nachdem das Getreide auf die Mühle gebracht war, nahm Jurrey die Leine, hieb auf die Pferde ein und jagte davon, in der Richtung nach dem Marktflecken. Dem Mädchen, das noch nicht aufgestiegen war, rief er zu: »Lauf nach Hause und sag' der Mutter, die Pferde sind durchgegangen, ich hab' sie nicht halten können.«

Am andern Tage kam er zu Fuß, noch nicht ganz ausgenüchtert. »Wo ist das Fuhrwerk?« fragte Edme, die deswegen schon eine unruhige Nacht gehabt hatte.

»Verkauft«, antwortete er lustig.

»Verkauft? Das ist gelogen.«

»Warum soll es gelogen sein?«

»Wie kannst du das Fuhrwerk verkaufen? Es gehört zum Grundstück.«

»Jetzt nicht mehr.«

Ihre Augen blitzten zornig, sie streckte befehlend die Hand aus. »Du wirst es auf der Stelle zurückschaffen!«

Er zuckte die Achseln. »Das kann nicht sein. Der Krüger hat's für die Schulden angenommen.«

»Das hält nicht«, schrie sie. »Er ist so ein Spitzbube wie du.«

Jurrey fing wieder an zu pfeifen.

Sie drehte sich rasch um und schlug ihn auf den Mund. »Du –!« drohte er, »Ein Kuß war das nicht. Nimm dich in acht!«

Edme wich zurück. »Wo ist mein Fuhrwerk?«

»Beim Krüger.«

»Er muß es zurückgeben.«

»Da kennst du ihn schlecht. Was der hat, das behält er. Das Fuhrwerk war auch von meinem Gelde angeschafft.«

»Das ist gleichgültig.«

»Und überhaupt – ich kann verkaufen, was ich will.«

»Das wollen wir doch sehen!«

Sie zog sich sogleich an und lief nach dem Marktflecken. Zuerst zum Krüger. Der lachte sie aus. »Szelags ist doch kein Kind«, sagte er. »Das Geschäft ist abgemacht. Aber ich will nicht hart mit dir sein. Wenn du das Fuhrwerk brauchst – zahle mir, was dein Mann mir schuldig war und noch zwanzig Taler zu, so hast du's noch immer billig. Es ist da einer, der schon soviel geboten hat.«

»Da müßt' ich nicht bei gesunden Sinnen sein«, rief sie und rannte wütend fort. Jetzt nach dem Gericht. Da wurde sie aber belehrt, daß der Mann verkaufen könne und die Frau keinen Einspruch dagegen habe. »Das Grundstück kann er verkaufen?« fragte sie ganz verwundert. Das Grundstück nicht, aber alle bewegliche Habe. »So gibt's keine Gerechtigkeit mehr auf Erden!« rief sie und schlug die Tür hinter sich zu.

Sie eilte zum Rechtsanwalt, der ihr keinen günstigeren Bescheid gab, und dann zu dem alten Pfiffikus, dem Davids Petrusch. Aber auch der konnte ihr nicht helfen. »Es steht so einmal im Gesetz«, sagte er. Er verschwieg, daß Szelags ihn schon um Rat gefragt hatte.

Nun blieb ihr nichts übrig, als das Fuhrwerk auszulösen. Von dem Aufgeld handelte sie noch ein paar Taler ab. Daß sie auch das noch »dem Hunde« zahlen müsse, empörte besonders ihr Gemüt. Jetzt hatte sie keine ruhige Stunde mehr. Was Jurrey einmal getan hatte, konnte er wieder tun. Er stellte ihr zwar vor, daß er doch kein Tor sein werde, ohne Not »das Grundstück zu schwächen«. Aber der Rest von Vertrauen war hin.

Jurrey änderte seine Lebensweise auch nicht. Je unfreundlicher ihn seine Frau behandelte, um so mehr wurde er geneigt, außer dem Hause sein Vergnügen zu suchen. Er wußte nun schon, wie er seine Schulden würde bezahlen können, wenn Edme wieder hartnäckig sein sollte. Übrigens sah er auch recht gut ein, daß sie Grund hätte, mit ihm unzufrieden zu sein, und suchte sie durch Zärtlichkeiten zu begütigen. Dafür war sie nicht unempfänglich. Warum hatte sie denn den »hübschen jungen Mann« geheiratet? Aber der Friede war nie von langer Dauer. Wenn Jurrey wieder einmal Tag und Nacht ausgeblieben war, gab's hinterher die ganze Woche Spektakel.

So war nach einiger Zeit sein Konto beim Krüger wieder stark angeschwollen. Auch bares Geld erhielt er von ihm, soviel er forderte. Jurrey zerbrach sich gar nicht den Kopf darüber, wie das enden sollte. Herr Reichelt werde ja doch wissen, was er tue, und ihm gewiß nicht zuviel borgen. So war's auch. Der Krüger hatte ein Plänchen, und mit dem rückte er eines Abends vor. »Der neue Kanal wird nicht weit von deinem Grundstücke vorüberführen«, sagte er ihm; »ich könnte recht gut den Plan an der Minge brauchen, darauf ein Wirtshaus für die Schiffer und Flößer zu bauen. Ich könnte dir einen Preis zahlen, wie du ihn von keinem andern bekommst. Auf das Kaufgeld rechnen wir ab, was du mir schuldig bist, und der Rest kann stehenbleiben. Für die Zinsen magst du bei mir trinken.« Er machte ihm ein Gebot.

Jurrey Szelags schob seine Mütze von der Stirn fort. »Ei ja,« antwortete er, »das könnte mir schon ganz recht sein. Aber die Edme tut's nicht – die tut's nimmermehr.«

»Wenn du's nur richtig anfängst«, meinte der Krüger. »Sie ist deine Frau und muß parieren. Sie wird auch einsehen, daß sie ein gutes Geschäft macht. Die Weiber verstehen sich auf so etwas. Die paar Morgen bedeuten für das Grundstück nicht viel. Und wenn du willst, kannst du ja auf der andern Seite billig zukaufen. Mir kommt's nun gerade auf den Fluß an. Den Zugang zum Wasser behaltet ihr ja doch.«

Jurrey überlegte sich's. »Das kann mir doch wenig helfen«, meinte er. »Wenn die Edme darauf eingeht, so nimmt sie auch das Geld, und meine Schulden bin ich nicht losgeworden.«

»Da läßt sich wohl vorbauen«, bemerkte der Krüger pfiffig. »Die Edme braucht ja nicht gerade den genauen Preis zu kennen, den wir verabredet haben, und das Gericht noch weniger. Man kann etwas an den Kosten sparen. Was ich dir zulege, geht keinen etwas an, und streiche ich deine Rechnung durch, so wissen wir beide, was das bedeutet.«

Der Litauer ließ sich's eine Weile im Kopfe herumgehen. Das Land am Fluß tauge nicht viel, äußerte er sich gelegentlich zu Hause, man sollte es zu verkaufen suchen und einen besseren, wenn auch kleineren Acker einhandeln. Darauf antwortete Edme nicht einmal. Er mußte nun wohl näherrücken. Es sei da einer, der den Plan kaufen und darauf bauen wolle. Er biete unverständig viel Geld, weil's ihm gerade um die Lage zu tun sei.

»Wer ist der?« fragte sie, die Achseln zuckend.

»Der Krüger Reichelt.«

»Dann weiß ich schon genug«, sagte sie und wandte sich ab.

»Er ist ein wohlhabender Mann, und was er verspricht, das hält er auch.«

»Er ist ein Spitzbube, der dir zu trinken gibt, soviel du willst.«

»Das geht keinen etwas an.«

»Mich doch! Du möchtest das Land vertrinken, und er will dir dazu helfen.«

»So groß ist mein Durst nicht«, versicherte er lachend. »Das Geld soll eingetragen werden, bis wir etwas anderes kaufen. Dann bist du doch sicher.«

»Ich will aber nicht verkaufen,« sagte sie mit aller Entschiedenheit, »nicht zehn Morgen und nicht zehn Ruten. Nicht so viel Land, als du mit der Hand bedecken kannst, soll vom Grundstück abgenommen werden. So wie ich es erhalten habe, so soll's bleiben.«

Er suchte ihr die Einwilligung abzuschmeicheln, aber sie war fest. »Rede kein Wort weiter,« schloß sie, »es ist ganz vergeblich. Wir haben nicht nötig, zu verkaufen, und werden's, so Gott will, auch ferner nicht nötig haben; das Geld lockt mich nicht, es mag viel oder wenig sein, um von den Zinsen zu leben, ist's immer zu wenig. Wenn der Herr Reichelt aber auch das Doppelte oder gar Dreifache bieten wollte, ich gebe das Land nicht hin. Wenn du mich dazu drängst, so sehe ich, daß du noch heimlich etwas im Sinne hast, wovon ich nichts wissen soll.«

Da Jurrey nun merkte, daß ihr weder mit Bitten, noch mit Drohen etwas abzugewinnen sein würde, klagte er bei nächster Gelegenheit dem Krüger seine Not und meinte, der schöne Plan müßte nun wohl aufgegeben werden. Herr Reichelt zog die Stirn in Falten und sagte: »Es tut mir leid, daß du eine so unvernünftige Frau hast. Kannst du's nicht gegen sie durchsetzen, so wirst du freilich bedenken müssen, wie du mir auf andere Weise gerecht wirst. Denn daß ich mein Geld verliere, wirst du doch nicht wollen. Von heute ab bekommst du aber bei mir nichts mehr geborgt. Höre ich aber, daß du's woanders versuchst, so klage ich die Schuld sofort aus und schicke dir den Exekutor auf den Leib. Wie du dann mit deiner Frau fertig wirst, magst du zusehen.«

Das war deutlich gesprochen. Szelags wußte, daß er auf Nachsicht nicht würde zu rechnen haben, wenn Herr Reichelt einmal erzürnt sei. Er streichelte ihm den Arm und meinte: »Sei außer Sorge, du sollst das Land haben. Es wird sich ja zeigen, wer der Herr ist. Wenn die Edme im guten nicht nachgeben will, so muß sie's im bösen. Sie denkt mich wie ihren Knecht zu halten, aber ich bin ihr Mann. Und wenn ich sie geheiratet habe, so habe ich auch das Grundstück geheiratet. Sei nur noch kurze Zeit geduldig.«

Er ging aufs Gericht, um sich zu erkundigen, ob er verkaufen dürfe. Es war vor kurzem ein anderer Richter in die Stelle gekommen, ein noch junger Mann, der Land und Leute nicht kannte. Mit dem hoffte er besser verhandeln zu können als mit dem früheren, dessen Strenge sich nichts ablisten ließ. Es war sonst seine Gewohnheit, auf dem Gericht nur litauisch zu sprechen. Diesmal brachte er sein Gesuch deutsch vor, um zu verhindern, daß der alte Sekretär – er hieß Herrmann, die Litauer nannten ihn aber wegen seiner kleinen Figur Ermanuck – sich einmischte, der zugleich Dolmetscher war und ihn kannte. Eine der ersten Fragen des Richters war aber schon, ob er verheiratet sei. Das mußte Szelags zugeben.

»Dann bringe deine Frau zur Verschreibung mit«, sagte der Richter.

»Muß sie denn durchaus dabei sein?« fragte der Litauer.

»Sie kann allenfalls auch hinterher genehmigen.«

»Und sonst gilt es nichts?«

»Sonst gilt es nichts. Das Grundstück gehört dir und deiner Frau. Soll ein Teil davon verkauft werden, so muß sie mit unterschreiben.«

»Steht das im Gesetz, Herr?«

Der Richter lachte. »Das steht im Gesetz.«

»Und wenn sie nicht will – ?«

»Dann kann niemand sie zwingen.«

»Auch nicht der Mann?«

»Auch nicht der Mann. Vom Grund und Boden kann er ohne ihre Genehmigung nichts veräußern.«

Szelags drehte seine Mütze. »Sie geht ungern aufs Gericht«, sagte er.

»So kann sie dir eine Vollmacht geben«, meinte der Richter.

»Und dazu braucht sie nicht aufs Gericht zu gehen?«

»Ein Notar kann die Vollmacht auch aufnehmen. Das ist ganz dasselbe. Es muß aber darin stehen, daß sie ihren Mann ermächtigt, das Land zu verkaufen und bei Gericht für sie alle erforderlichen Erklärungen abzugeben.«

»Ich danke, Herr.«

Szelags entfernte sich wenig erleichtert. Daran, daß seine Frau ihm Vollmacht geben werde, war gar nicht zu denken. Er überlegte schon hin und her, wie er den Krüger loswerden könnte. Wenn er sich das Geld, das er ihm schuldete, von seinen Verwandten zu verschaffen suchte! Dieses eine Mal würden sie ihm vielleicht beispringen, wenn er verspräche, sich fortan ordentlich zu führen und das unsinnige Trinken zu lassen. Dazu war er auch halb und halb entschlossen. Wenigstens ließ er es nicht an Vorwürfen und guten Vorsätzen fehlen. Er wollte zunächst einmal seine Mutter besuchen und mit der die Sache besprechen. Deshalb kehrte er denn auch jetzt nicht nach Hause zurück, sondern verfolgte die Landstraße über den Marktflecken hinaus in der Richtung nach ihrer Wohnung.

Nach einer Weile verlor er doch wieder den Mut. Er setzte sich auf den Grabenrand, trank die Flasche leer, die ihm der Krüger noch als letzte Gabe gefüllt hatte, und schlief ein. Als er nach einigen Stunden erwachte, stand die Sonne schon tief. Wenn er seine Mutter noch wach finden wollte, mußte er sich beeilen. Er schlug einen Seitenweg ein, der durch ein Kiefern- und Birkenwäldchen führte.

Aus demselben tönte ihm der Gesang von mehreren Frauenstimmen entgegen, die bald einander abwechselten, bald sich zur Wiederholung der Schlußverse vereinigten. Es war ein Spottlied auf die Männer und wurde wahrscheinlich von den lustigen Litauerinnen improvisiert. Mancher nicht sehr zarte Scherz schien ihnen selbst so gelungen, daß sie hellauf lachten. Als Jurrey auf dem gewundenen Pfade um ein Gebüsch bog, sah er die vier Sängerinnen auf sich zukommen. Sie gingen in einer Reihe und hatten einander bei den Händen gefaßt. Sie stutzten, und der Gesang verstummte plötzlich. Dann aber jauchzte die eine laut auf, löste sich von den andern und eilte mit ausgebreiteten Armen auf ihn zu. »Du bist mein allerschönster Schatz«, rief sie und küßte ihn lachend auf den Mund, indem sie ihn zugleich ein paarmal auf der Stelle herumkreiselte.

»Mare –!« sagte er, als sie ihn losgelassen hatte. »Bist du's wirklich? Und was treibst du für Possen!«

»Er kennt mich doch noch«, bemerkte sie, zu den andern Mädchen gewandt, die ihr nachgekommen waren. »Das ist hübsch von ihm. Ich nehme alles zurück, was ich auf ihn gesungen habe. Seht einmal, wie vergnügt er über meine Possen ist.«

Sie küßte ihn wieder, und er ließ sich's gänzlich ohne Widerstreben gefallen. »Wie kommst du hierher?« fragte er.

»Ich muß doch einmal nachsehen, wie deine Mutter meinen Jungen hält«, antwortete sie. »Die Leute sagen sonst, daß ich mich um mein Fleisch und Blut nicht kümmere. Wenn ich die Szelagene geworden wäre, könnt' ich ihn bei mir haben, und es sollte ihm wahrhaftig an nichts fehlen. Aber auch so bin ich ihm deinetwegen gut.«

»Es hat nicht sein können, Mare,« sagte er seufzend, »und wär' doch viel besser gewesen.«

»Ja, was kannst du dafür, daß ich arm bin«, entschuldigte sie offenbar ganz ernst gemeint. »Aber dein Sohn bleibt der Junge doch.«

»Jawohl,« bestätigte er, »und ich wünschte ...« Er brach ab und sah ihr zärtlich in die blitzenden, braunen Augen. »Hexe du!«

»Das darfst du nicht sagen«, schalt sie und hob dabei drohend die Hand. »Wenn ich dich hätte behexen wollen, wärst du jetzt nicht der Wirt.«

Er pfiff durch die Zähne. »Das ist auch was Rechtes! Nicht über einen Groschen habe ich freie Verfügung.«

»Hält die Edme dich so gut in Zucht? Ha, ha, ha!« Sie zog eine Flasche aus ihrer Rocktasche und reichte sie ihm. »Trink aus – es ist noch etwas darin.«

Das ließ er sich nicht zweimal sagen. »Wohin gehst du?« erkundigte er sich.

»Nach Hause. Ich diene nicht weit von der Stadt beim Anskis Rayschus. Die Mädchen geben mir das Geleit bis zur Landstraße, Und du? Du gehst wohl zu deiner Mutter?«

»Das wollt' ich. Aber es ist doch umsonst. Sie wird mir nicht helfen können.«

»Bist du in Not?«

»Na ...« Er schnippte mit den Fingern. »Ich könnt' eine andere Frau brauchen.«

Mare lachte, daß die perlweißen Zähne sichtbar wurden. »Dazu wird sie dir schwerlich helfen. Aber komm mit mir, ich will dich zu trösten suchen.«

Er besann sich eine kleine Weile. »Das ist auch das beste«, meinte er. »Du kannst mir vielleicht einen guten Rat geben. Klug genug bist du dazu. Komm! Du gefällst mir noch immer.«

Mare hing sich an seinen Arm und sang nach der früheren Melodie:

»Wenn zwei sich von Herzen sind gut gewesen,
Leicht mögen sie sich trennen, doch schwer vergessen.«

Die Mädchen kamen noch bis zum Ausgang des Wäldchens mit und kehrten dann um. »Sagt meiner Mutter nichts davon, daß ihr mich hier getroffen habt«, rief er ihnen nach. »Wozu braucht sie's zu wissen?«

Er war sehr lustig geworden und schäkerte mit Mare, während sie unter den Pappelbäumen die Landstraße entlang gingen, als ob's unter ihnen noch ganz beim alten wäre. Die untersinkende Sonne streifte ihr rundes Gesicht und das rötlich blonde Haar, das sich in zwei dichtgeflochtenen Zöpfen um den Kopf legte und über der niedrigen Stirn ein wenig krauste. Sie sah sehr schmuck aus in der blauen Tuchweste und dem schneeweißen Oberhemde mit gestickten Achselklappen. Und sie lachte immer, auch wenn er etwas ganz Ernstes erzählte, und drückte seinen Arm an ihre Brust. Das war viel vergnüglicher, als der Edme ihre schlechte Laune zu verscheuchen.

Nachdem sie so eine Stunde spaziert waren und er ihr mitgeteilt hatte, was ihn drückte, fragte sie: »Willst du in der Nacht wieder zurück?«

»Daran hab' ich noch nicht gedacht«, antwortete er.

»Nach der Stadt hast du's jetzt schon näher.«

»Was soll ich da?« »Ich weiß nicht, aber ich dachte, weil du mich doch begleitest –«

»Kann ich die Nacht bei deinem Wirt, dem Rayschus, bleiben?«

»Bis wir nach Hause kommen, wird er schon schlafen gegangen sein. Die Rayschene treibt ihn immer früh zu Bett. Aber wenn du auf dem Heuboden vorliebnehmen willst ...«

»Wo schläfst du?«

»In der Kammer mit der Busze Pardenings zusammen – sonst wollt' ich dir mein Bett abtreten.«

Aber auf dem Heuboden, denk' ich, ist gut für zwei Platz. Ich habe nachmittags ein paar Stunden geschlafen und bin nicht müde. Wenn du noch ein Weilchen plaudern willst ...«

Sie gab ihm einen Schlag auf die Backe.

»Meinetwegen schon«, schmunzelte sie. »Aber es ist für dich besser, du findest allein die Leiter hinauf.«

»Wer weiß? Ich graue mich da im Dunkeln, wenn ich nicht schlafen kann.« Er wendete ihr das Gesicht zu und gab ihr einen Kuß.

Als sie an das Gehöft kamen, schlugen die Hunde an. Mare beruhigte sie durch Liebkosungen und freundliche Worte. Sie führte Jurrey durch das Gärtchen nach der hinteren Seite der Klete. Dort war eine Leiter an die offene Luke gelehnt. »Zeige mir den Weg«, bat er.

Mare kicherte leise und ging voran. –

Am andern Morgen sagte Jurrey: »Mir hat etwas recht Dummes geträumt.«

»Was ist das?«

»Du wärst meine Frau –«

»Ach –!«

»– und wir gingen zusammen aufs Gericht und ließen dem Herrn Reichelt die zehn Morgen verschreiben. Du tätest das gewiß, Mare.«

»Warum nicht. Wenn sie mir gehörten –! Für dich tät ich alles.«

»Ja, du hast mich lieb«, sagte er.

Nach einer kleinen Weile nahm er das Gespräch wieder auf. »Mir fällt etwas ein, Mare. Es ist doch so gut, als ob du meine Frau wärst. Willst du ihren Namen schreiben?«

Sie sah ihn fragend an. »Wie meinst du das?«

»Du kannst doch schreiben?«

»Es wird wohl noch gehen. In der Schule war ich recht geübt.«

»Das vergißt sich nicht so bald. Du kannst's auch vorher noch auf einem Blatt Papier versuchen. Wenn du Edme Szelags unterschreibst, dann ist mir geholfen.«

»Wo soll ich unterschreiben?«

»Bei einem Notar in der Stadt. Der Herr Richter sagt, das ist genug.«

»Sagt er das?«

»Jawohl. Wenn die Frau dem Mann eine Vollmacht gibt, so ist das genug. Dann kann er das Land verkaufen.«

Sie blinzelte listig mit den Augen. »Ja, wenn die Frau dem Mann eine Vollmacht gibt –«

»Das sag' ich eben. Der Notar kennt meine Frau doch nicht – wenn du ihren Namen schreibst, bist du meine Frau.«

»Er wird mir nicht glauben.«

»Wenn ich es ihm sage, muß er's doch glauben.«

»Kennt er dich denn?«

Jurrey nickte. »Es ist da einer, der einen Schreiber hat, mit dem ich in die Schule gegangen bin. Ich hab' ihn früher schon einmal besucht und gesehen, daß er für seinen Herrn alle die Schriften macht, bei denen wir Litauer beteiligt sind. Denn der Herr kann nicht Litauisch und muß sich auf ihn verlassen. Sag' ich dem Martin Buddrus, du bist meine Frau, so bist du's. Ich brauch's nicht einmal zu sagen. Wenn wir zusammen kommen, so sieht er's so an.«

»Aber die Edme wird hinterher schreien.«

»Mag sie doch! Was geht es dich an! Und ich werde schon mit ihr fertig werden. Ist das Land einmal verkauft, so mag sie schreien. Na – willst du?« Er stieß sie mit dem Ellbogen vertraulich an.

»Ihren Namen zu schreiben, ist mir keine schwere Sache«, sagte Mare, doch bedenklich. »Und wenn es sie ärgert, daß eine andere für sie geschrieben hat, so soll mir's lieb sein. Warum hat sie dich mir fortgenommen? Es geschieht mir auch nichts ...«

»Gar nichts«, versicherte er. »Niemand soll erfahren, daß du es gewesen bist.«

Mare lachte. »Und dann mögen sie mich suchen!« Sie umarmte und küßte ihn. »Soll's bald sein?«

»Heute noch.«

»Aber wie kann ich? Der Rayschus hat mir schon gestern Erlaubnis gegeben, fortzugehen. Heute kann ich ihn doch nicht schon wieder bitten.«

»Das ist schlimm.«

Sie überlegte ein Weilchen. »Weißt du, das beste ist, ich lasse mich vor ihm gar nicht sehen und gehe gleich mit dir. Dann denkt er, ich sei über Nacht fortgeblieben, und nachher kann ich ihm sagen, das Kind wäre krank gewesen, und ich hätte mich länger verweilen müssen. Das Kind war auch krank; deine Mutter hat ihm zuviel Brot eingestopft.«

»Das hast du dir gut ausgedacht«, lobte er. »Mich selbst darf auch keiner hier bemerken, sonst haben sie die Spur. Komm, ehe es Tag wird.«

Sie stiegen die Leiter hinab und schlichen um die Hecke. Es war noch alles still auf dem Hofe. »Aber da ist noch eins zu bedenken«, sagte er, als sie in den Wiesengrund unweit des Hauses gelangt waren, durch den sich ein Bächlein schlängelte, das den Fußpfad zur Seite hatte. »Der Notar tut's nicht umsonst und der Schreiber auch nicht. Hast du Geld, Mare?«

»Wieviel?«

»Na – einige Taler wird's kosten.«

Sie antwortete nicht sogleich.

»Du sollst alles zurückerhalten, was du mir gibst«, fuhr er fort. »Und mehr als das. Wenn der Krüger das Land gekauft hat, kann ich jederzeit die Taschen voll Geld haben.«

»Ich bin deshalb nicht in Sorge«, sagte sie, stehenbleibend. »Der Rayschus ist mir noch Lohn schuldig. Aber wenn ich ihn darum anspreche ...«

»Wie sollen wir's aber machen?«

Sie faßte seine Hand und zog ihn fort. »Komm nur! Es trifft sich gut, daß ich vom Kaufmann in der Stadt noch nicht das Geld für meinen Flachs erhalten habe. Das muß er jetzt zahlen. Es ist gewiß mehr, als du brauchst, und wir können noch den Tag über vergnügt davon leben. Du bist doch mein allerbester Schatz.«

Nun wurde Jurrey ganz lustig. Auf dem Wege trieben sie allerhand Possen und setzten sich mehr als einmal in den Chausseegraben, miteinander verliebt zu tändeln. Bis man nach der Stadt gelangte, war's doch noch nicht die rechte Zeit, den Kaufmann aufzusuchen; sie brauchten sich nicht zu beeilen.

Es gelang alles nach Wunsch. Der Kaufmann zog freilich von dem bedungenen Preise noch etwas ab, da er merkte, daß Mare es mit der Bezahlung eilig hätte. Sie ärgerte sich darüber, meinte aber, das nächste Mal würde sie's ihm schon aufschlagen. Zu Martin Buddrus sagte Jurrey: »Meine Frau will mir Vollmacht geben, daß ich einen Plan von zehn Morgen von unserm Grundstücke verkaufen kann. Sie will nicht aufs Gericht deshalb gehen, weil sie sich in der Wirtschaft versäumt.« Er sagte nicht ausdrücklich, daß Mare seine Frau sei, aber es verstand sich so von selbst.

»Aufs Gericht hat sie's doch näher, als nach der Stadt«, meinte der Schreiber.

»Ja, sie hat hier Flachs verkauft,« erklärte Szelags und dachte dabei wieder an Mare, » *so* ist's doch nur *ein* Gang.«

Das leuchtete Buddrus durchaus ein. Er fragte nicht weiter, sondern erkundigte sich nur nach dem Ruf- und Vaternamen seiner Frau, schrieb die Vollmacht Deutsch und Litauisch nieder und führte dann erst die beiden in das Zimmer des Notars, der gerade mit einer andern Verhandlung beschäftigt war, las die Urkunde vor und legte sie auf den Tisch. Der Notar, dem Buddrus gesagt hatte, er kenne den Mann, äußerte kein Bedenken, sondern winkte Mare heran und gab ihr die Feder in die Hand. Jurrey trat hinter sie und flüsterte ihr zu: »Schreibe nur richtig.« Sie malte langsam die Buchstaben hin: E–d–m–e und dann Szelagene. Es schien ihr Spaß zu machen, denn sie setzte ein paarmal ab und beugte den Kopf nach rechts und links, die Schrift zu besehen. Und da stand nun der Name unter der Vollmacht ganz fehlerfrei. Jurrey klopfte ihr vergnügt auf die Schulter.

Die Gebühren hatte er schon vorher bezahlen müssen. Jetzt drückte er auch noch dem Schreiber ein Geldstück in die Hand und sagte: »Es wird wohl noch einige Tage dauern, bis das Dokument fertig ist. Schicke es lieber gleich an den Krüger Reichelt, der will kaufen.«

»Wie du willst.«

»Jetzt ist alles in Ordnung«, meinte Jurrey, als sie wieder auf der Straße standen. »Ich bin recht hungrig und durstig. Komm, wir wollen irgendwo einkehren. Ich hatte gern auch den Martin Buddrus mitgenommen. Aber wer weiß, man verspricht sich am Ende.«

Sie gingen nach der Libauer Vorstadt hinaus und setzten sich dort in einem Wirtshause fest. Alle beide hatten sie zuviel getrunken, als sie gegen Mittag den Heimweg antraten. Auf der Chaussee hielten sie sich umarmt, sangen und juchzten. Wer an ihnen vorbeikam, freute sich über das lustige Paar. Wo der Weg abbog, trennten sie sich mit vielen Küssen. »Komm bald wieder«, sagte Mare.

»Das will ich«, antwortete er. »Nun ist's doch schon einerlei.«

Als er sich dem Marktflecken näherte, war er ziemlich ausgenüchtert. Er beschloß, dem Krüger lieber nicht heute schon von der

Vollmacht etwas zu sagen. Daß der nicht erfahren dürfte, wie sie zustande gekommen sei, leuchtete ihm ein. Er hatte ihm etwas vorlügen müssen, und das ließ sich vielleicht vermeiden. So beherrschte er sich denn auch und trat gar nicht bei ihm ein. Zu Hause hatte er einen schlechten Empfang. Mit seinem Herumtreiben werde es immer toller, schrie Edme ihn an. Ob er sich denn nicht vor den Leuten schäme. Er war sehr kleinlaut und gab ihr gute Worte. Aber sie warf ihm eine Hacke vor die Füße, mit der sie eben die Kartoffeln behäufelt hatte, und rief: »An die Arbeit, du Taugenichts! Meinst du, daß ich dich auf dem Grundstück umsonst füttere? Wenn ich das voraus gewußt hätte, daß ich mir solche Schande ins Haus heiraten würde –! Geh und laß mich in Frieden.«

Eine Woche hielt er sich ordentlich, dann ging er doch wieder nach dem Marktflecken, zu hören, ob die Vollmacht schon angekommen sei. Es war so. Reichelt fing selbst davon an. »Was ist das?« fragte er. »Deine Frau hat dir zum Verkaufe Vollmacht gegeben?«

»Hast du die Schrift bekommen?« fragte Szelags zurück, um nicht geradeaus antworten zu dürfen.

»Und in Memel! Warum denn das?«

»Es muß ihr wohl so besser gepaßt haben. Die Weiber sind wunderlich.«

»Mir kann's ja gleich sein«, meinte Reichelt. »Vielleicht hat sie gewünscht, daß hier kein Gerede sein sollte, bis die Sache abgemacht wäre.«

»Das kann wohl sein«, bestätigte der Litauer.

»Wir können also denn aufs Gericht gehen.«

»Ja, aber so billig bekommst du das Land nicht. Ich habe mir's überlegt.«

»Was – was? Es war doch alles verabredet.«

»Das muß noch einmal verabredet werden.«

Und nun ging's an ein scharfes Verhandeln, bis beide einig wurden. Szelags hatte für sich noch einige kleine Vorteile herausgequetscht. »Du bist ein Feiner!« sagte der Krüger zuletzt schon ganz ärgerlich.

»Ich weiß ja, mit wem ich's zu tun habe«, antwortete der Litauer, geschmeichelt lächelnd und zugleich die Schmeichelei zurückgebend.

Der Vertrag wurde geschlossen, das Stück Land im Grundbuch abgeschrieben. Bis zum Herbst ereignete sich nun nichts, was Edme hätte stutzig machen können. Da aber, als Anfang November schon Frost eintrat, ließ Reichelt Bauholz anfahren und auf dem Plan abladen. »Was soll das?« fragte sie verwundert. Da Jurrey nicht mit der Sprache heraus wollte, lief sie selbst nach dem Platze und fragte die Fuhrleute aus. Es sei ihnen von Herrn Reichelt so befohlen, versicherten sie. Er wolle ja hier an der Minge einen Krug bauen. »So«, rief sie, feuerrot. »Er will hier bauen – auf meinem Lande? Sagt ihm, daß ich das nicht leide. Und auf der Stelle schafft ihr das Holz wieder fort, oder ihr sollt's mit der Polizei zu tun haben.« Die Fuhrleute wollten sich aber auf keine Verhandlung einlassen und verwiesen sie an den Krüger. Nachmittags brachten sie auch eine neue Ladung an. Herr Reichelt hatte gesagt, das sei sein Plan, und darauf könne er bauen, soviel ihm beliebe.

Nun wurde Edme fuchswild. »Ich will wissen, was das zu bedeuten hat«, fuhr sie ihren Mann heftig an, der bemüht gewesen war, sich in einer gewissen Entfernung von ihr zu halten. »Wie kann Herr Reichelt sagen, das sei sein Plan? Er ist ein Unverschämter!«

Jurrey merkte, daß ihr auszuweichen nicht weiter möglich sei, und beschloß, etwas ganz Dreistes zu wagen. »Du hast ihm ja aber den Plan verkauft«, sagte er.

»Ich?«

»Ja, ich weiß es nicht anders.«

»Bist du betrunken?«

»Wovon? Du hältst ja die Flasche verschlossen.«

»Rede dich nicht aus. Ich will wissen, was du meinst. Nicht ein Sandkorn hab' ich verkauft.«

Er tat sehr verwundert. »Ja, dann verstehe ich nicht. Herr Reichelt hat mir eine Vollmacht gezeigt, die ihm von einem Notar in der

Stadt zugeschickt ist. Darin stand, daß du mir den Auftrag erteiltest, den Plan zu verkaufen.«

»Ich hätte – ? Das ist nicht wahr. Ich bin gar nicht in der Stadt gewesen.«

»Aber Herr Reichelt hat das Dokument zugeschickt bekommen, und es war dein Name ganz richtig angegeben, auch das Siegel aufgedrückt. Ich hab's doch mit eigenen Augen gesehen.« »Ich sage dir, das ist unmöglich!«

Jurrey zuckte die Achseln. »Der Herr Richter hat auch die Vollmacht für ganz richtig erklärt.«

Sie packte ihn an der Brust. »Wie, du bist damit auf dem Gericht gewesen?«

»Natürlich! Was sollt' ich denn tun?«

»Ohne mir von der Schlechtigkeit ein Wort zu sagen?«

»Von einer Schlechtigkeit ist mir nichts bekannt.«

»Jurrey –!« Sie schüttelte ihn derb. »Du hast ihm das Land verkauft?«

»Ja, es war doch dein Wille.«

»Lüge nicht!«

Er machte sich los und stieß sie zurück. »Ich dachte, du hättest dich besonnen.«

»Das gilt nichts!« schrie sie. »Das ist eine Teufelei! Ich sehe wohl, du bist mit ihm im Bunde. Aber es gilt nichts – das Land bleibt mein Land.«

Er lachte höhnisch. »Wenn er es gekauft hat, wird es wohl sein Land sein. So dumm ist er doch nicht, bauen zu wollen, wenn ihm nicht das Land gehört.«

Edme warf ihm einen verächtlichen Blick zu. »Ich merke,« sagte sie ruhiger, »ihr wollt mich auf solche Art überlisten. Liegt da erst das Holz, so werd' ich wohl auch den Bau erlauben, und steht erst das Haus, so muß ich ja auch das Land abtreten. Aber da irrt ihr. Ich lasse mir an das Grundstück nicht kommen.«

Sie lief zu den Nachbarn, erhob ein großes Geschrei und bewog einige Knechte, ihr gegen guten Lohn beizustehen, das Holz vom Plane fortzuschaffen. Bis in die halbe Nacht hinein wurde daran gearbeitet. Edme ruhte nicht eher, bis auch das letzte Stück fortgetragen und auf dem Wege niedergelegt war. Jurrey schlief indessen den Schlaf des Gerechten und wachte nicht einmal auf, als sie ihn unsanft zur Seite schob.

Am nächsten Tage kam der Krüger, dem das Geschehene berichtet wurde, selbst angefahren und schlug Lärm. »Was soll das, Frau?« sagte er. »Dein Mann hat mir den Plan verkauft, wie er nicht leugnen wird, und du hast ihm die Vollmacht dazu gegeben.«

»Nein,« zischte sie, »ich weiß von keiner Vollmacht.«

»Die liegt ja auf dem Gericht. Laß die Torheiten! Es mag dir jetzt wieder leid geworden sein, aber das kann dir doch nichts helfen.«

»Nichts ist mir wieder leid geworden – ich weiß von nichts. Das Land behalt' ich, du magst dich auf den Kopf stellen.«

»Das wollen wir doch sehen! Wo ist der Jurrey? Es scheint, daß du mich um das Geld betrügen willst, das ich ihm schon gegeben habe. Jurrey! Wo steckt der Jurrey?«

Aber Jurrey antwortete nicht. Er hatte sich heimlich aus dem Staube gemacht, als er den Krüger ankommen sah.

Edme ließ anspannen und fuhr nach dem Marktflecken aufs Gericht. Dort fand sich auch Herr Reichelt ein. Der alte Sekretär bestätigte, daß der Vertrag ordnungsmäßig geschlossen, auch jede Formalität erfüllt sei. Er schlug die Akten auf und zeigte auf ein Blatt: »Da ist deine Vollmacht.«

Er mußte sie ihr zweimal lesen. »Das habe ich nicht unterschrieben!« rief sie.

»Du hast unterschrieben. Hier steht dein Name.«

Sie sah auf das Blatt. »Es ist gelogen – so schreibe ich nicht.«

»Ganz richtig, so schreibst du nicht. Das hier hat auch der Schreiber geschrieben. Aber der Notar bezeugt die Übereinstimmung mit dem Original.«

»Mit was für einem Ding?«

»Mit deiner richtigen Schrift. Sie liegt in seinen Akten. Dein Mann ist ja auch zugegen gewesen. Hier steht's.«

»Die Schrift will ich sehen,« schrie sie, »es ist eine Spitzbüberei!«

»Nimm deine Zunge in acht«, rief der Sekretär. »Und wenn du hier lärmst, wirst du vom Boten herausgebracht.«

Edme fuhr auf der Stelle weiter nach Memel. Sie hatte sich den Namen des Notars gemerkt, ließ sich bei ihm melden und trug ihre Beschwerde vor. »Bin ich bei dir gewesen?« fragte sie.

»Ich kann es nicht mehr wissen«, antwortete der alte Herr, sie aufmerksam betrachtend. »Es kommen viele Leute zu mir. Ich erinnere mich aber nicht, dich schon einmal gesehen zu haben. Deshalb kannst du doch bei mir gewesen sein.« Er zeigte ihr das Protokoll und die Unterschrift. »Hast du das geschrieben?«

Sie prüfte den Namenszug genau. »Nein. Das kann ich auf der schwarzen Decke bei brennenden Lichten beschwören.«

»Sonderbar«, sagte der Notar kopfschüttelnd. »Herr Buddrus!« rief er ins andere Zimmer hinein.

Der Schreiber erschien. »Ist dies die Frau Edme Szelags, die diese Vollmacht verlautbart hat?«

Buddrus faßte sie scharf ins Auge. »Nein,« sagte er nach einer Weile, »– ich glaube nicht.« Und nach erneuter Prüfung: »Jedenfalls nicht. Sie war kleiner und hatte blondes Haar.«

»Und der Wirt Jurrey Szelags war dabei?«

»Sicher.«

»Sie kannten ihn?«

»Genau. Ich bin mit ihm zusammen in die Schule gegangen. Darüber kann gar kein Zweifel sein.«

»Seine Frau kannten Sie nicht?«

»Allerdings nicht. Aber wenn der Mann selbst ...«

»Es ist gut«, sagte der alte Herr und winkte ihm zu gehen. »Ich kann im Augenblick nicht mehr ermitteln als dies«, wandte er sich zu der Frau. »Es scheint da irgendein Irrtum obzuwalten, wenn nicht ... Ich muß mich aller Vermutungen enthalten. Es tut mir leid, daß du deinen Mann nicht mitgebracht hast. Ich würde dann feststellen können, ob er wirklich derselbe ist, der mit meinem Schreiber verhandelt hat. Wäre das der Fall, so bliebe freilich nichts übrig, als anzunehmen, daß er eine andere Person für seine Frau ausgegeben hat. Das ist doch aber nicht recht glaublich.«

Edme war's, als ob ihr das Herz stillstände. Und dann schoß ihr plötzlich das Blut ins Gesicht.

»Und wenn er das getan hätte?« fragte sie gepreßt.

»Dann hätte er sich sehr strafbar gemacht«, antwortete der Notar.

»Er müßte ins Gefängnis?«

»Gewiß, aber eine solche Torheit kann er ja nicht begangen haben.«

»Und die Verschreibung würde nichts gelten?« fragte sie weiter, ohne darauf etwas zu entgegnen.

»Sicher nicht. Die Vollmacht wäre ja gefälscht.«

»Und Herr Reichelt müßte also das Land zurückgeben?«

»Ich glaube doch. Wenn er freilich selbst in gutem Glauben wäre –«

»Was dann?«

»Nun – dann müßte er zurückerhalten, was er etwa schon gezahlt oder gegeben hätte.«

»Aber das Land müßte er herausgeben?« Sie wiederholte die Frage in noch dringenderem Ton.

»Es würde nicht ohne einen Prozeß zum Ende zu kommen sein«, sagte der Alte und nahm darauf sehr umständlich eine Prise. »Ein Prozeß aber – ist im voraus – unberechenbar. Hast du schon – Kegel spielen gesehn? Es setzt einer seine Kugel ganz richtig auf, und sie fliegt auch eine Strecke geradeaus. Da liegt – – Hapschie! da liegt ein Sandkorn oder eine Tannennadel oder sonst ein unscheinbares Ding im Wege und lenkt sie ein ganz klein wenig ab. Nun schwankt sie, geht über das Mittelbrett hinaus, verliert die sichere Richtung völlig und taumelt nun so in die Kegel hinein oder schießt als Rehbock an ihnen vorbei. Es kann sein, daß sie einen Haufen Kegel umwirft, es können auch nur ein paar schlechte fallen. Und im Prozeß, wo zwei gegeneinander schieben und sich die Kegel umzuwerfen trachten, verdoppeln sich die Unberechenbarkeiten mit den möglichen Fehlern und Hindernissen. Zuletzt kommt die Gerichtskasse und fordert die Kosten ein, die Anwälte liquidieren ihre Gebühren – da geht oft das ganze Objekt drauf. Wenn ich dir raten kann –«

Edme hörte aber schon lange gar nicht mehr zu. Es war ihr, als ob in ihrem Kopfe Kegel geschoben würden und die Kugeln das Leitbrett hinabpolterten. Sie hatte in diesem Lärm nur den einen Gedanken: der Vertrag gelte nichts, und das Land müsse wieder zurückgegeben werden. »Ich danke schön für alles«, sagte sie und verließ eilig das Zimmer, als könnte der Zeitverlust einer Minute entscheidend sein.

Sie fuhr nach Hause und kam erst in der Nacht an. Jurrey schlief schon und ließ sich nicht erwecken. Sie warf ein Stück Bett auf die Erde und legte sich in Kleidern darauf. Als Jurrey am Morgen aufstand, war sie schon wach und ließ ihn nicht zur Tür hinaus. »Jetzt wirst du mir Rede stehen«, rief sie und stellte sich dicht vor ihn hin.

Er hatte sich's schon überlegt, wie er verfahren müßte, und hob nun trotzig den Kopf. »Was heißt das?«

»Das heißt, daß ich hinter deine Schändlichkeit gekommen bin.«

»Was für eine Schändlichkeit?«

»Du hast die Vollmacht von einer andern Person mit meinem Namen unterschreiben lassen.«

»Von was für einer andern Person?«

»Das kann ich nicht wissen.«

Er grinste spöttisch. »Was willst du also?«

Edme war einen Augenblick aus der Fassung gebracht. »Ich werde schon dahinterkommen«, sagte sie, weniger sicher.

»So versuch's doch,« höhnte er, »mich aber laß in Frieden.«

Er wollte an ihr vorübergehen, aber sie stieß ihn mit der Hand zurück. »Es ist auch gleichgültig, wer's gewesen ist. *Ich* habe nicht geschrieben.«

»Das wird wohl so sein, wenn du es sagst.«

»Ich zerreiße die Vollmacht.«

»Das geht nicht so leicht.«

»Du hast den Notar betrogen.«

»Und wenn –?« Er sah sie herausfordernd an.

»Wenn ich's anzeige, kommst du ins Gefängnis.«

»Deshalb *wirst* du's nicht anzeigen.«

Sie stieß einen Laut halb des Unwillens, halb der Überraschung aus und preßte gleich darauf, den Blick senkend, die Lippen zusammen. Nach einer Weile sagte sie: »Anders kommt's doch nicht in Ordnung.«

»Nein,« bestätigte er, »und deshalb kann's überhaupt nicht mehr in Ordnung kommen, wie du's meinst. Es ist einmal geschehen.«

»Das muß zurück«, rief sie, wieder heftiger.

»Es kann nicht.«

»Es muß! Der Krüger muß das Land zurückgeben.«

»Daß er ein Narr wäre! Er tut's nicht freiwillig.«

»So muß er's gezwungen tun.«

»Das heißt – – du bringst deinen Mann ins Gefängnis.«

»Meinen Mann ...«

»Ja, ich bin doch dein Mann.«

Edme seufzte mit einem ausklingenden Ton, der sich wie ein schmerzliches Ächzen anhörte. »Aber das Grundstück ...«

»Da hast du nun selbst Schuld«, nahm er wieder das Wort, während sie den Daumen der linken Hand gegen die Zähne drückte und vor sich hinstarrte. »Wenn man einen Mann genommen hat, muß man ihn auch wie einen Mann behandeln. Ich aber habe hier nicht einmal soviel Freiheit gehabt wie ein Knecht. Weil du das Grundstück eingebracht hast, deshalb hast du mich nicht als den Wirt geachtet, und weil ich nicht alle Tage Streit anfangen wollte, deshalb bin ich lieber fortgegangen. Was hilft mir eine tüchtige

Frau, wenn sie immer unfreundlich ist und mir überall in den Weg tritt. Daß ich gern einmal einen Schluck trinke, das bestreite ich nicht. Aber andern geht's ebenso, und es ist nichts Böses. Mein Geld hast du verbraucht, und keinen Pfennig gibst du mir gutwillig heraus. Soll ich mich auslachen lassen? Oder willst du, daß ich verklagt werde und der Exekutor hier auf dem Grundstücke pfändet? Das paßt mir schlecht. Da muß ich denn zusehen, wie ich dich auf andere Weise zwinge.«

Im Ibenhorster Forst. Federzeichnung von Ernst Wichert

»Du zwingst mich nicht«, preßte sie zwischen den Zähnen hervor.

»Na –,« sagte er und zog die Schultern auf, »es ist nun doch so. Das Land ist verkauft, und ins Gefängnis wirst du mich nicht bringen wollen. Oder willst du? Auf andere Weise geht's nicht zurück.«

»Wer hat meinen Namen geschrieben?« fragte sie.

Er schüttelte den Kopf. »Das sag' ich nicht.«

Da sie eine Weile schwieg, trat er näher zu ihr heran, legte den Arm um ihren Hals und zog sie an sich, obschon sie widerstrebte. »Sei verständig, Edme,« redete er freundlich zu, »und nimm's, wie es ist. Das geschieht nicht wieder – es ist mir leid, daß es hat geschehen müssen. Ich will dir Gutes tun, aber du darfst nicht vergessen, daß ich dein Mann bin. Wie du den behandelst, so wirst du ihn haben.«

Sie antwortete darauf nicht, sondern machte sich mit Gewalt los und ging hinaus. Den ganzen Tag sprach sie kein Wort weiter mit ihm. Er meinte, sie würde sich wohl beruhigen, und unterließ es, sie zu reizen. Aber er kannte sie doch schlecht. Gerade weil er's so dreist herausgesagt hatte, daß er sie habe zwingen wollen, widerstrebte sie jeder Anwandlung von Versöhnlichkeit. Nun gewiß nicht! Und immer tiefer bohrte sich der einzige Gedanke ein, der ihr auch jetzt volle Klarheit hatte: das Grundstück muß bleiben, wie es war. Und wenn's nun wirklich auf andere Weise nicht geht ... Da lag ein Stein im Wege, ein schwerer Stein. Ihren Mann wegen Betrugs ins Gefängnis bringen ... ihn unehrlich machen ... sich selbst ... Sie stöhnte vor Schmerz. Aber der Stein mußte fortgerollt werden, es war doch nicht anders.

Das Grundstück oder der Mann! Sie war Jurrey wirklich gut gewesen – so gut sie einem Menschen sein konnte. Aber das Grundstück hatte ältere Rechte an ihr Herz. Und warum hatte er so schuftig an ihr gehandelt?

Und dann immer zwischenein die Frage: Was ist das für eine Person gewesen, die ihm *den* Gefallen getan hat? So um nichts ist keine dafür zu haben. Er muß sich auf sie verlassen können. Eine gewisse Vermutung drängte sich immer mehr auf – ein Gefühl von Eifersucht fing sich zu regen an und verschärfte noch ihren Groll.

Edme wollte doch kein Mittel unversucht lassen, einen gütlichen Ausgleich herbeizuführen. Sie begab sich zu Reichelt und forderte ein Gespräch unter vier Augen. Sie sagte ihm alles und verlangte Aufhebung des Vertrages. Er lachte sie aus. »Was geht mich das an?« fragte er. »Hab' ich's der Vollmacht ansehen können, daß sie gefälscht ist? Oder meinst du, dein Mann wird so dumm gewesen sein, mir's zu sagen? Beweise mir's doch, daß ich darum gewußt habe! Das wird dir nicht gelingen. Und so bin ich in meinem guten Recht. Daß du aber deinen eigenen Mann wirst bestrafen lassen, glaube ich nicht. Es ist eine ganz unnütze Drohung.«

Da hörte sie's nun wieder. Darauf also war gerechnet: weil ihr Mann Unrecht getan hatte, sollte sie Unrecht leiden müssen. Dagegen sträubte sich ihr Gefühl, und ihr Eigensinn wurde gestachelt, nicht nachzugeben. Am nächsten Sonntag ging sie in die Kirche und sang die Lieder auffallend laut mit. Auf die Predigt aber: »Selig sind die Friedfertigen, denn sie sollen Gott schauen«, achtete sie wenig.

Der Herr Pfarrer hat gut reden, dachte sie bei sich, dem ist nicht geschehen, was mir geschehen ist.

Als sie hinausging, traf sie mit einer Frau zusammen, die jenseits des Marktfleckens wohnte und ihr von Jugend auf befreundet war. »Kürzlich bin ich in der Stadt gewesen,« erzählte ihr dieselbe, »und rate einmal, wem ich auf der Chaussee begegnet bin?«

»Wem?«

»Ja wem? Deinem Mann.«

»Der geht, wo er will.«

»Aber mit wem er ging! Und ganz freundschaftlich umgefaßt! Das muß man dir doch sagen.«

Edme biß die Lippe. »So sag's.«

»Mit der Mare Admoneit. Du weißt doch –«

»Ich weiß. Das Kind ist bei seiner Mutter.«

»Ja, und die Mare Admoneit dient jetzt beim Wirt Rayschus, und sie bogen auch in den Weg ein, der zu seinem Hofe führt, und als ich mich noch einmal umsah, waren sie schon nahe dem Birkenwäldchen. Das gibt nichts Gutes. Du mußt deinen Mann besser beaufsichtigen.«

Edme war die Kehle wie zugekrampft. Sie entgegnete nichts, sondern verabschiedete sich mit einem Kopfnicken gleich hinter der Mauerpforte des Kirchhofs. Und nun war's gewiß: die Mare hatte ihren Namen geschrieben.

In demselben Augenblicke war aber auch ihr Entschluß gefaßt. Sie ließ die Altsitzerin allein nach Hause fahren und begab sich zu Davids Petrusch, der einige Schritte vom Orte in einem Ausbau wohnte. Sie fand ihn trotz des Sonntags bei seinen Schreibereien, die große Brille auf der blauroten, von Pockennarben zerrissenen Nase. »Du sollst für mich etwas schreiben«, sagte sie zu ihm und legte ihm ein Geldstück auf den Tisch.

»An wen?«

»An den Herrn Staatsanwalt.« »Ah! Wen willst du anzeigen?«

»Meinen Mann.«

Dem Schreiber glitt die Feder aus der Hand. »Das ist nicht gut.«

»Nein, aber es muß sein. Ich will das Land wiederhaben.«

»So, so –! Ich weiß – der Krüger –«

Sie setzte sich und trug den Fall mit allen Einzelheiten vor.

Petrusch kratzte sich hinterm Ohr. »Wenn ich das schreibe, kommt dein Mann ins Gefängnis.«

»Aber der Krüger muß das Land herausgeben. Schreibe!«

»Bedenke es noch drei Tage.«

»Es ist bedacht.«

»Vierundzwanzig Stunden.«

»Wenn du nicht willst, geh' ich zu einem andern.«

»Dann kann ich's auch.« Er nahm einen Bogen Papier, schrieb die Anzeige und las sie ihr litauisch vor. Sie setzte deutlich ihren Namen darunter, wartete ab, bis der Brief geschlossen war und brachte ihn dann selbst zur Post. Es schien ihr nicht mehr das mindeste Bedenken, wie sie zu handeln hätte. Darauf begab sie sich nach Hause.

Das Schreiben hatte natürlich den erwarteten Erfolg. Der Staatsanwalt leitete die Untersuchung ein und ließ Jurrey Szelags gerichtlich vernehmen. Er legte sich aufs Leugnen: es sei seine Meinung gewesen, daß Edme ihm die Vollmacht erteilt habe. Möglich wäre das doch! Hatte er sich geirrt, so wisse er doch nicht, wer sich bei dem Notar für sie ausgegeben und wer dort ihren Mann gespielt habe. Er selbst sei ganz unschuldig. Es war sein Wunsch, Mare zu schonen; er wußte nicht, daß Edme sie schon in ihrer Anzeige als verdächtig benannt hatte. Sie war nach Memel vorgeladen und, da sie bestritt, dem Schreiber Buddrus gegenübergestellt worden, der sie auch sofort wiedererkannte. Nun wurde ihm auch Szelags vorgeführt, und er bezeugte, daß dieser selbst Mare für seine Frau ausgegeben habe. »Das lügst du«, sagte der ihm aber dreist ins Gesicht.

»Wie?« rief Buddrus, »du willst in Abrede stellen, daß du mit der Person da bei mir gewesen bist?«

»Das will ich nicht bestreiten«, antwortete Szelags. »Wir sind beide in deiner Schreibstube gewesen. Aber habe ich dir gesagt, Mare sei meine Frau? Hast du mich danach gefragt? Das lügst du.«

»Mit solchen Kniffen kommst du nicht durch«, bedeutete ihm der Untersuchungsrichter.

Es war auch so. Nach der öffentlichen Verhandlung wurde er verurteilt und Mare mit ihm. Der Gerichtshof sah das Vergehen nicht leicht an und belegte beide mit sehr empfindlichen Gefängnisstrafen. Edme war als Zeugin gegen ihren Mann aufgetreten. Sie hatte ein schwarzes Kopftuch umgelegt und zeigte ein finsteres Gesicht, sprach auch mit rauher Stimme. »Ein liebes Weibchen«, flüsterte gelegentlich der Vorsitzende Richter seinem Nachbar zu. Mare Admoneit war auf der Anklagebank neben Jurrey Szelags ganz vergnügt. Es machte ihr offenbar Spaß, zu erzählen, wie sie seine Frau gespielt hätte. Der Richter mußte sie ein paarmal berufen, ernst zu bleiben. »Er ist ja auch mein Mann«, sagte sie und warf dabei Edme einen herausfordernden Blick zu. »Soll ich ins Gefängnis, weil ich ihm habe helfen wollen, so wird mich das nicht kränken; und mit der da, die ihn hineingebracht hat, möcht' ich noch lange nicht tauschen, obschon sie die Wirtin ist.«

Als alles vorüber war, trat Edme an Jurrey heran und bot ihm die Hand. »Es tut mir leid,« sagte sie, »daß es hat so kommen müssen. Aber jeder Vernünftige sieht ein, daß ich doch nichts anderes tun konnte. Das wirst du auch einsehen.«

Jurrey wandte sich ab. »Das Land ist dir lieber gewesen als ich«, sagte er im Tone des Vorwurfs.

»Ich behalte dich doch,« meinte sie, »und das Land geht nicht verloren. Die Strafe hast du verdient, und sie wird dich hoffentlich bessern. Nimm sie hin für das, was du mir sonst durch die Mare angetan hast.«

Er schwieg.

»Wenn ich diesmal still gewesen wäre,« fuhr sie fort, »du hättest dich damit nicht begnügt und mir bald das Dach über dem Kopfe forttragen lassen. Was willst du? Soll ich mit meinen Kindern betteln gehen? Das nützt dir auch nichts. Du wirst mir noch danken, daß ich das Grundstück nicht habe angreifen lassen.«

»Es kann ja sein«, antwortete er sehr kühl. »Wenn ich sitzen muß, so ist es mir schon ganz recht, daß der Krüger auch nicht zum Ziele kommt; und verliert er, was ich ihm schuldig bin, soll's mich nicht beschweren. Aber sieh dich vor! Der ist schlau.«

Da Reichelt sich im guten zu nichts verstehen wollte und darauf trotzte, daß er die Vollmacht für echt gehalten habe, mindestens auch große Gegenforderungen haben wollte, die Edme wieder nicht anerkannte, so war es sicher, daß es zum Prozeß kommen mußte. Sie verhandelte darüber viel mit Davids Petrusch, so zuwider er ihr sonst war, in seinem einsamen Häuschen. Er hatte so eine besondere Art, nicht recht ja und nicht recht nein zu sagen und mit den Augen zu blinzeln, als ob immer noch etwas im Rückhalt wäre. Eines Tages äußerte er sich: »Weißt du, daß es dir recht übel ergehen kann?«

»Was meinst du damit?« fragte sie erschreckt.

Er zwinkerte mit den Nasenflügeln. »Ich habe mich erkundigt«, versicherte er. »Das Gericht tut nichts umsonst. In der Untersuchungssache gegen deinen Mann sind große Kosten entstanden, und die Sitzgebühren treten noch hinzu.«

»Mag er sie bezahlen,« rief Edme, »er hat's verschuldet.«

»Ja ... Das ist dem Gericht ganz gleich. Es greift zu.«

Die Frau wurde aschbleich. »Es greift zu. Er hat aber nichts.«

»Er hat, was du hast.«

»Was ich ...«

»Jawohl. Die Kosten und Gebühren werden aufs Grundstück eingetragen. Da hilft kein Widerspruch. Auch die Sitzkosten für die Mare.«

Sie sank vor Schreck auf den Stuhl zurück.

»Und das ist noch nicht alles. Es kann sein, daß Herr Reichelt den Prozeß in der Hauptsache verliert, aber dann wird ihm vermutlich doch zugesprochen werden, was er deinem Mann auf das Land gegeben hat, und das ist wahrscheinlich mehr, als Jurrey eingestehen will. Das wird er dann auch aufs Grundstück eintragen lassen, und wenn du nicht bezahlst, wird er's subhastieren lassen und vielleicht selbst hinterher billig kaufen. Dazu die Prozeßkosten, die auf deinen Teil fallen ... Man kann doch nicht wissen, wie der Hase läuft.«

Edme brach in Tränen aus. »Aber ist denn da nicht zu helfen?« rief sie ganz verzweifelt. »Hilf mir, Davids, es soll dein Schade nicht sein.«

Er kniff das linke Auge zu und schob die Brille auf die runzlige Stirn hinauf. »Ich wüßte schon, wie man ihnen ein Schnippchen schlagen könnte. Aber das Mittel wird dir zu gewagt scheinen.«

»Nenne es«, bat sie dringend.

»Hast du Vertrauen zu mir?« fragte er.

»Volles Vertrauen.« Das war mehr, als sie vor sich verantworten konnte, aber sie durfte ihn doch nicht vor den Kopf stoßen.

»Daß ich ein ehrlicher Mann bin –«

»Gewiß.«

»Dann ließe sich's machen. Du mußt mir das Grundstück verkaufen.«

»W–a–as? Dir verkaufen?«

»Verstehe mich recht: nur zum Schein natürlich. Aber auf dem Papier und im Grundbuch muß alles in Ordnung sein. Sie können an das Grundstück nur heran, solange es auf deinen und deines Mannes Namen steht. Bin ich eingetragen, so ist's, als ob vor die Tür ein starker Riegel geschoben ist.«

»Aber ich selbst bin ausgesperrt.«

»Glaube das nicht. Statt des Kaufpreises verschreiben wir für dich und deinen Mann ein Ausgedinge, das ungefähr dem Ertrage des Grundstücks gleichkommt, und ihr verpflichtet euch, für mich die Wirtschaft zu führen, wofür ich euch jährlich soundso viel bares Geld als Lohn gebe. Verstehst du? Als Lohn. Dann bleibt in Wirklichkeit alles beim alten. Und sobald du willst, verkaufe ich euch das Grundstück wieder zurück.«

»Ja, wenn du ehrlich bist –«

»Natürlich, wenn ich ehrlich bin. Davon willst du doch überzeugt sein.«

Sie fingerte unruhig über ihre Unterlippe hin. »Allerdings ...«

Aber wenn du mir nicht traust, laß es doch bleiben«, bemerkte er anscheinend ganz gleichgültig. »Ich habe ja nichts davon als Unannehmlichkeiten und allenfalls eine Kleinigkeit, die du mir freiwillig für den guten Rat gibst. Tu', was du willst.«

Sie atmete hastig. »Und das – könnten wir beide – untereinander abmachen?« fragte sie, schon halb gewonnen.

»Nein,« entgegnete er, »dein Mann muß dabei sein.«

»Dann ist's nichts.«

»Wer weiß? Es liegt ihm so viel daran als dir, daß das Grundstück nicht angegriffen wird. Aber ich rede gar nicht zu. Ohne Vertrauen geht's überhaupt nicht. Soll's halten, so müssen wir vor Zeugen bestätigen, daß es uns mit dem Geschäft ganz ernst ist, und es muß uns wirklich so ganz ernst sein, daß wir's im Notfalle beschwören können.«

Das machte sie gerade nicht bedenklicher. Sie wollte sich's überlegen, sagte sie, und mit ihrem Mann besprechen. Das tat sie auch.

Jurrey war nicht sogleich ins Gefängnis abgeführt; er sollte eine Ladung abwarten. Er befand sich in gedrückter Stimmung. Es ärgerte ihn jetzt, daß er die Torheit begangen. Reichelt hatte ihm erzürnt die Tür gewiesen, als er sich im Kruge blicken ließ; mit Mare konnte er nicht leicht zusammentreffen, da seine Frau ihm scharf aufpaßte. Allerhand üble Folgen sah er selbst voraus. Er hielt es nicht für unwahrscheinlich, daß Edme sich von ihm werde scheiden lassen wollen. Dann stand er auf der Straße und hatte weniger als vor seiner Heirat. Er wünschte sich zu versöhnen und billigte daher alles, was sie vorschlug. Sie sollte ihm nur versprechen, daß sie ihm das Geschehene verzeihen wolle.

»Das soll verziehen sein,« sagte sie, »wenn du dich jetzt ordentlich führst und mir hilfst, das Grundstück freizuhalten.«

Und so begaben sich denn schon nach wenigen Tagen Mann und Frau mit zwei Nachbarn aufs Gericht, trafen dort mit Davids Petrusch zusammen und spielten beim Vertragsabschluß ihre Komödie so gut, daß selbst der alte Sekretär, der doch sonst seine Leute kannte, ganz stutzig wurde.

Dann wanderte Jurrey Szelags ins Gefängnis, nachdem er von seiner Frau einen ganz freundlichen Abschied genommen hatte. Unterwegs fiel ihm wohl ein, daß er einmal bei Rayschus nachfragen könne, ob Mare auch schon aufgefordert sei; aber er bezwang sich und meldete sich sogleich. Was soll dabei auch herauskommen? dachte er.

Als Edme nun wieder allein wirtschaftete, fand sich Davids Petrusch öfter auf dem Grundstück ein. Er hatte immer eine spaßhafte Redensart bei der Hand, mit der er sich einführte. Er müsse doch einmal nach dem Rechten sehen kommen, oder: er möchte doch wissen, wie es bei ihm aussehe, ob seine Pferdchen hübsch munter seien und die Kühe gut Milch geben und die Altsitzerin zufrieden sei. Oder er sagte: »Es ist doch nett, wenn man Haus und Hof hat«, und steckte dabei den Daumen in die schmierige Westentasche und drückte protzig den Bauch heraus. »Es ist ein altes Haus, aber das gefällt mir gut. Solche Häuser werden immer seltener; wer so eins hat, kann sich was drauf einbilden. Bilde mir auch was drauf ein – ja! Hehe! Mein Großvater hat auch in so einem gewohnt – du weißt ja, in Petruschkehmen.« Edme ging auf den Spaß ein und tat ihm den Gefallen, über seine Witze zu lachen; nicht laut und munter – das lag nicht in ihrer Art –, aber doch so, daß er merken mußte, sie habe ihn verstanden.

Er tat wohl auch so, als ob er zu kommandieren habe, klopfte mit dem Stock auf den Tisch und rief: »Na, wie steht's? Ist für den Wirt nichts zu essen und zu trinken da? Ich habe einen Wolfshunger und eine verstaubte Kehle.« Er lenkte dann selbst wieder bescheiden ein, indem er einem der Kinder die Backen streichelte und ihm zublinzelnd sagte: »Frage doch einmal die Mutter, ob sie nicht für den Onkel ein Schnäpschen hat; vielleicht ist auch ein Stückchen Brot dabei.« Er blieb anfangs immer eine kurze Zeit, bald aber auch zu den Mahlzeiten, ging auf dem Hof und in den Ställen herum, als ob er etwas zu revidieren hätte, und schmunzelte zuletzt: »Laß mein Fuhrwerk anspannen, Edme; ich fahre lieber, als ich gehe, und – na, man hat's ja dazu, hehe!«

Er stattete ihr Bericht ab über den Prozeß mit dem Krüger, der einen »kahlköpfigen« Rechtsanwalt genommen hätte. »Er hat aber Haare auf den Zähnen,« fügte er hinzu, »man muß aufpassen wie ein Luchs. Es soll dem Reichelt doch nichts helfen, das Land muß er herausgeben, und was Jurrey bei ihm vertrunken und verjubelt hat, darf er nicht anrechnen.« Ein andermal meinte er: »Es ist eigentlich ein schlauer Gedanke, da ein Haus zu bauen und einen Schank hineinzunehmen. Man muß sich das merken: was er kann, das können wir am Ende auch.«

Mit der Zeit wurde er immer dreister, und es klang gar nicht mehr so spaßhaft, was er sagte. Edme paßte auf. »Werde nur nicht gar zu stolz,« dämpfte sie gelegentlich seinen Übermut, »wir beide wissen ja doch, wie wir miteinander stehen.« Darauf entgegnete er nichts, streichelte ihr über die Schulter, wie sie zu begütigen.

Ein besonderes Vergnügen schien es ihm zu bereiten, sie gegen ihren Mann aufhetzen zu können. Er hatte immer etwas zu erzählen, wie er's im Kruge getrieben und nicht nur für sich, sondern auch für gute Freunde habe ankreiden lassen. »So ein Bruder Leichtsinn,« rief er, »das Geld hat für ihn gar keinen Wert! Er verdient's ja auch nicht. Wenn der zehn Grundstücke hätte, er würde sie alle einwechseln. Es liegt so in ihm. Glaube doch nur nicht, daß er sich ändern wird, wenn er aus dem Gefängnis kommt. Wie er gewesen ist, so wird er immer sein. Es tut mir um dich und deine Kinder leid.«

Edme stimmte nicht zu, aber innerlich gab sie ihm doch recht. Es war ihm nicht entgangen, daß sie jedesmal aufgeregt wurde, wenn das Gespräch auf Mare Admoneit kam. Was sie früher mit Jurrey vorgehabt hatte, war ihr sehr gleichgültig gewesen: sie würde mit ihr und ihrem Kinde in einem Hause haben leben können, ohne ihnen irgendwie Abneigung zu beweisen. Sie selbst hatte ja vorher einen Mann gehabt und brachte Kinder in die Ehe; daß Jurrey mit Mare nicht kirchlich getraut war, machte für ihr Empfinden kaum einen Unterschied. Aber das sollte ein Ende gehabt haben; es verstand sich ganz von selbst für sie, daß es auch ein Ende ohne jede Nachwirkung haben konnte. Nun hatte sie sich getäuscht, und so oft sie sich daran erinnerte, wurde sie von einem eifersüchtigen Gefühl gequält, das ihr etwas Unheimliches hatte, weil es sich nicht unter die Dinge einordnen ließ, die ihrem Verstande faßlich waren. Sie konnte an Mare nicht denken, ohne daß ihr das Blut in die Wangen stieg.

Davids Petrusch faßte sie bei dieser Schwäche. Er spionierte herum, ob er etwas darüber erfahren könnte, wie Jurrey mit Mare wieder in Verbindung gekommen war, und was geschah, nachdem sie für ihn die Vollmacht unterschrieben hatte. Was er hörte, erzählte er Edme umständlich wieder. »Du hast vielleicht geglaubt,« sagte er, »daß Jurrey sich damit begnügte, von seinem früheren Schätzchen die Unterschrift zu verlangen, die ihm doch keine andere gegeben hätte. Weit gefehlt! Er hat sie ihr auf solche Weise gedankt, daß es eine Schande ist, zu sagen. Sie selbst hat sich dessen gerühmt. Frage nur Rayschus und seine Frau und die zweite Magd, die ihnen sogar öfter die Kammer eingeräumt hat. Sie haben sich, nachdem die Schändlichkeit beim Notar ausgeführt war, nicht einmal, sondern zehn- und zwanzigmal im Wäldchen getroffen und offenen Verkehr miteinander gehabt. Wenn du willst, kann ich dir dafür die Zeugen stellen.«

»Was soll ich mit den Zeugen?« fragte sie ärgerlich.

»Hm –!« machte er. »Ich meinte nur, wenn du etwa auf Scheidung klagen wolltest ...«

Sie biß die Lippe. »Daran hab' ich noch nicht gedacht.«

»Es kann wohl sein. Obgleich –«

»Und ich hab' ihm auch verziehen. Dafür hat er den Kontrakt unterschrieben.«

»Was hast du ihm verziehen? Daß er die Mare für seine Frau ausgegeben und die falsche Vollmacht erwirkt hat?«

»Ja, das.«

»Aber daß er mit der Mare auch verkehrt hat wie mit seiner Frau –«

»Das wußt' ich damals noch nicht so sicher.«

»Siehst du? Wie hast du ihm das denn verzeihen können?«

Sie setzte trotzig den Ellbogen auf den Tisch. »Ich hab's ihm auch nicht verziehen und verzeih's ihm nimmermehr! Es geht aber niemand etwas an.«

»Natürlich! Ich sag's auch nur, damit du weißt, daß du einen Scheidegrund hast, wenn du etwa frei sein wolltest. Denn, daß er im Gefängnis gesessen hat, zieht nicht. Die Strafe ist nicht schwer genug. Angenehm ist's ja freilich nicht, einen Mann zu haben, der im Gefängnis gesessen hat.«

Edme stand auf und machte sich in der Wirtschaft zu tun. Wenn sie ehrlich bei der Wahrheit bleiben wollte, hätte sie sich bekennen müssen, daß Petrusch ihr gar nichts Neues sagte: keinen Augenblick hatte sie an Jurreys Schuld gezweifelt. Aber es paßte ihr nun, sich einreden zu lassen, daß sie noch in anderer Weise betrogen sei und abzurechnen habe. Und doch ärgerte sie sich wieder, daß ihr's so nahegelegt wurde, so zum Zugreifen nahe. Sie hätte den Kummer, den Jurrey ihr gemacht, überwinden können – geschieden jedenfalls wollte sie nicht sein. Was hatte der lahme Winkelschreiber eigentlich für Absichten? Warum mischte er sich in diese Dinge, die ihn doch gewiß nichts angingen? Es war ihr sehr lieb, daß sie ihm das gesagt hatte.

Aber Petrusch hatte noch nicht das letzte Pferd vor den Wagen gespannt. Nach einigen Tagen äußerte er: »Du wirst wegen des Grundstücks noch viel Ungelegenheiten haben. Jurrey ist ein schlechter Wirt.«

»Ich wirtschafte selbst«, antwortete Edme.

»Ja, soviel das eine Frau kann,« meinte er, »die einen liederlichen Mann hat. Sobald das Grundstück wieder in eurem Besitz ist, werden auch die Gläubiger wieder da sein. Und vielleicht melden sie sich schon früher. Denn man will es nicht für wahr halten, daß unser Vertrag im Ernst geschlossen ist.«

»Er ist ja auch nicht im Ernst geschlossen«, bemerkte sie nachdenklich.

»Doch, doch!« antwortete er. »Ich habe dir ja gesagt, daß er im Ernst geschlossen sein muß, wenn er halten soll.«

»Ach –!« Sie schlug mit der Hand in die Luft.

»Jedenfalls geschah's doch allein zu *deinem* Besten,« fuhr er fort, »daß ich mir das Grundstück verschreiben ließ. Mit Jurrey hab' ich ungern zu schaffen. Wenn du von ihm geschieden wärst – wir beide würden bald einig werden. Ich würde dann das Grundstück an dich zurückverkaufen, ohne daß seine Gläubiger jemals Hand daran legen dürften. Aber wenn er uns wieder hereinzureden hätte ...« Er zuckte die Achseln.

Sie horchte auf. »Ist das wirklich so?«

»Wie ich dir sage. Und glaubst du denn, er wird von der Mare lassen? Sie ist für ihn ins Gefängnis gegangen, das vergißt er ihr nicht, und daran wird sie ihn allezeit erinnern, wenn er's auch vergessen wollte. Er kommt nicht mehr los von ihr. Und das bilde dir doch nur nicht ein, daß er dir die Anzeige beim Staatsanwalt jemals verzeihen kann. Du bist ihm verhaßt, solange du lebst, und er wird sich kein Gewissen daraus machen, sich an dir zu rächen, wie er sich am empfindlichsten zu rächen vermag.«

Das waren Gründe, für die Edme ein volles Verständnis hatte. Ja, das Grundstück war mehr in Gefahr als je. Und sie konnte die Gefahr durch eine Scheidung abwenden! Wie sollte sie da noch zögern? Sie trug sich mit dem Gedanken denn auch wirklich nur noch wenige Tage. Als er ganz ausgereift war, besuchte sie Jurrey im Gefängnis. Es war der erste Besuch, den sie ihm dort abstattete, und er hatte schwerlich überhaupt auf einen gerechnet, denn er zeigte ihr ein sehr verwundertes und dazu mißtrauisch gespanntes Gesicht. Um sich zu erkundigen, wie es ihm gehe, kam sie sicher nicht. Sie reichte ihm aber nicht nur die Hand, sondern gab ihm auch einen Kuß, allerdings ohne merkliche Gemütsbewegung. Er sah auf seine Gefangenkleidung hinab und verzog den Mund zum Lachen; sie verstand ihn und lächelte auch.

Dann kam sie schnell zur Sache. »Ich habe mir's überlegt, Jurrey,« sagte sie, »daß es das beste für uns ist, wenn wir uns scheiden lassen.«

»Du wolltest ja nicht«, antwortete er, nun doch ein wenig überrascht.

»Das ist wahr,« gab sie zu, »aber man kommt auf andere Gedanken. Wir haben jetzt auch einen guten Grund, weil du dich mit der Mare eingelassen hast –«

»Das ist verziehen.«

»Nein, das nicht. Ich hab's damals so nicht gewußt. Und warum willst du's auch vorbringen? Wir können ja doch nicht weiter zusammen wirtschaften. Soll das Grundstück wieder in meine Hand zurückkommen, so darfst du nicht mein Mann sein; sie nehmen es uns sonst wegen deiner Schulden, und wir sind Bettler.« »Da denkst du, es ist genug, wenn ich ein Bettler bin.«

»Das ist doch auch so. Weshalb willst du mich und meine Kinder mitreißen? Aber es ist nicht nötig, daß du ein Bettler wirst. Wenn ich das Grundstück frei habe, kann ich dir Gutes tun, und ich verspreche dir, daß du zu leben haben sollst. Was ich dir gebe, können wir auf dein Geld abrechnen, und wenn es aufgezehrt ist, werde ich dich doch nicht verlassen. Wir müssen uns so vergleichen, daß das Gericht nicht heran kann.« Sie setzte ihm das näher auseinander, wie sie es von Petrusch gehört hatte.

Er zeigte ihr ein recht verdrießliches Gesicht. »Darüber läßt sich ja reden,« sagte er, »aber ich weiß nicht, ob ich dir trauen kann. Sind wir erst geschieden, so wirst du nicht Wort halten.«

»Du kannst dich besser auf mich verlassen,« meinte sie, »als auf dich selbst. Es ist ja mein Vorteil, daß alles wieder in die richtige Ordnung zurückgeht. Je eher, je lieber! Dem Davids Petrusch möcht' ich nicht unrecht tun, aber so recht trauen kann ich ihm doch nicht. Er wird manchmal recht unverschämt und hat sich, als ob ihm das Grundstück wirklich gehörte.«

»Und die Wirtin auch«, setzte Jurrey hinzu. »Hm?«

»Was meinst du damit?« fragte sie überrascht aufmerkend.

»Na ... Die Frau kann ihm doch gefallen.«

»Dem –!« rief sie. Es klang deutlich aus dem einen Wort ein Mischgefühl von Verachtung und Spott. »Dem Schreiber! Was mache ich mir daraus?«

Jurrey hob die Hand zu einer Bewegung, die etwa soviel sagte als: es mag so sein. Er hatte seiner Frau den Holzschemel angeboten, der neben dem Tische stand, und sich gegenüber auf das Bett gesetzt. In der engen Zelle war der Raum zwischen ihnen schmal. Er griff hinüber nach der Wasserkanne und trank einen Schluck; die Kehle schien ihm trocken geworden zu sein. Dann stützte er die Ellbogen auf die Knie und nahm seinen Kopf in die Hände. Nach einer Weile knurrte er von unten her: »Ihr wollt mich austreiben.«

»Nein,« entgegnete sie, »du kannst auf dem Grundstücke bleiben, wenn du willst.«

Wieder schwieg er ein paar Minuten. Dann stand er auf und sagte: »Willst du dich scheiden lassen – dagegen kann ich nichts tun, aber mit meinem Willen geschieht's nicht. Gib mir mein Geld heraus und lege das Doppelte zu, dann läßt sich davon reden. Wegnehmen soll man mir's nicht. Ich gehe über die Grenze.«

»Mit der Mare –«

»Vielleicht auch mit der Mare. Wenn wir geschieden sind, was geht es dich an?«

Edme stand auf und schritt der offen gebliebenen Tür zu. »Du wirst den Lohn für deine Undankbarkeit ernten«, rief sie.

»Ich soll dir wohl danken für das Gefängnis?« rief er ihr nach.

Sie war schon in den Gang hinausgetreten und winkte dem Aufseher, der dort hin und her schritt, sie zu entlassen. Sie besuchte gleich darauf Davids Petrusch, mit ihm zu beraten, was weiter zu tun sei.

Er setzte eine wichtige Miene auf. »Du mußt ihm zeigen, daß es dein Ernst ist,« ließ er sich vernehmen, »daran glaubt er offenbar noch nicht. Er möchte dich schrauben, das merkst du wohl. Hat er erst die Klage, so wird vernünftiger mit ihm zu reden sein.«

»Mache mir die Klage«, sagte sie nach kurzem Besinnen. »Es geht nicht anders.«

Petrusch war eifrig dabei. Er betrieb den Scheidungsprozeß durch einen Anwalt, den er mit Beweismaterial versah, und der Fall lag ja auch so klar, daß Einwendungen kaum möglich waren. Freilich konnten noch Monate vergehen, bis die Zeugen vernommen waren und das Urteil gesprochen wurde.

Indessen hatte Jurrey seine Strafe verbüßt. Eines Tages kam er nach Hause zurück, sagte »guten Tag«, als ob er einen Besuch in der Nachbarschaft gemacht hätte, ließ sich etwas zu essen und zu trinken auftragen und begab sich an seine gewohnte Arbeit. Dem Knecht und der Magd gegenüber benahm er sich ganz wie der Herr. »Hier habe ich zu befehlen«, sagte er, als ihm einmal auf Anordnung der Frau widersprochen wurde, so laut, daß Edme es über den Hof hin hören konnte, und als Davids Petrusch sich nach seinem Geschmack zu oft einfand, schnaubte er ihn an: »Was willst du hier alle Tage? Hast du nichts Besseres zu tun, als die Leute gegen mich aufzuwiegeln? Ich leide diese Durchstechereien mit meiner Frau nicht weiter.«

»Hoho!« rief Petrusch, »du vergißt, daß ich hier in meinem Hause bin.«

»In deinem Hause?«

»Du hast es mir ja selbst verschrieben.«

»Lächerlich!«

»Dem Gericht erscheint's nicht so lächerlich. Frage doch nach, wem das Grundstück gehört.«

»Ja, auf dem Papier!«

»Das ist ganz genug. Was auf dem Papiere steht, wird auch von der Polizei respektiert. Es ist ganz in mein Belieben gestellt, ob ich dich hier leiden will.«

»Immer toller!« »Und wenn ich dich nicht länger leiden will, darf ich nur dem Herrn Wachtmeister ein Wörtchen sagen –«

»Versuch's doch! Ich aber brauche den Herrn Wachtmeister gar nicht, sondern fasse dich am Kragen, wenn du noch viel muckst, und setze dich auf die Straße. Mit so einem werde ich noch allein fertig.« Er pfiff durch die Zähne.

»Das werden wir ja sehen«, eiferte der Schreiber. Er beschwerte sich bei Edme. »Laß ihn jetzt in Ruhe,« sagte sie, »ich will keinen Lärm haben. Wenn wir geschieden sind, muß er ja doch abziehen, falls ich es verlange. Er will sich nicht vergleichen, nun wird er gar nichts haben. Für jetzt aber ist er noch immer mein Mann.«

Petrusch schwieg. Es schien ihm noch nicht an der Zeit, den letzten Trumpf auszuspielen. Als dann aber die Scheidung ausgesprochen war und Jurrey gleichwohl tat, als ob sich nichts verändert hätte, nahm er eines Sonntags nach der Kirche Edme beiseite und fragte sie, was denn nun geschehen solle. »Ich will mit ihm sprechen,« antwortete sie, »er wird ja doch einsehen, daß er nicht mit dem Kopfe durch die Wand kann.«

Aber das sah er nicht ein. »Eheleute sind wir freilich nicht mehr,« sagte er sehr ruhig, »aber das Grundstück gehört uns noch gemeinsam, und bevor wir bei Gericht auseinandergerechnet haben, steht mir daran ebensoviel Recht zu als dir.«

Sie erschrak. »Das glaubst du doch selbst nicht.«

»Das ist meine Meinung, und du wirst von jedermann hören, daß sie die richtige ist, außer vielleicht von dem lahmen Hund, dem Petrusch, der dich gegen mich aufhetzt.«

»So geh' doch aufs Gericht«, rief sie feuerrot, »und bringe deine Klage an.«

»Geh' du,« entgegnete er, »mir eilt's nicht so, auseinanderzukommen. Es gefällt mir hier ganz gut, und meinetwegen kann's so bleiben bis an den Jüngsten Tag.« Er wandte sich ab und ließ sie stehen.

Nun lief sie zu Petrusch und klagte ihm ihre Not. »Hilf mir, daß ich ihn loswerde!«

»Da siehst du nun selbst,« sagte er, »daß man gegen ihn Gewalt brauchen muß. Er ist ein unverschämter Mensch. Du freilich kannst gegen ihn nichts ausrichten, aber ich habe gottlob die Mittel, ihn dir vom Halse zu schaffen. Ich will sie anwenden, nur darfst du mir dann auch keinen Einspruch tun. Wir beide sind wie eins. Das darfst du nicht vergessen, was auch geschehe. Sonst zwingen wir ihn nicht.«

Bald darauf kam er denn auch wirklich mit dem Wachtmeister angefahren. »Meine Geduld ist zu Ende«, sagte er in dessen Gegenwart zu Szelags. »Ich habe dich im guten aufgefordert, mein Grundstück zu verlassen, aber du rührst dich nicht. Nun sollst du sehen, daß ich keinen Spaß treibe. Packe deine Sachen zusammen und mach' dich fort.« Er zog die Ausfertigung des Kontrakts aus der Tasche, hielt sie ihm vors Gesicht und zeigte mit dem Finger auf das Siegel.

Jurrey schlug ihm das Papier aus der Hand, so daß es zur Erde fiel. »Mache dich doch nicht selbst zum Narren«, riet er ihm. »Was willst du damit?«

»Herr Wachtmeister, Herr Wachtmeister!« rief der Schreiber. »Sie sind mein Zeuge! So behandelt er ein gerichtliches Dokument! Sie haben es selbst gelesen. Bin ich hier auf meinem Eigentum oder nicht?«

»Sei verständig, Szelags«, mahnte der Gendarm. »Was da geschrieben steht, ist ja doch nicht wegzuleugnen. Petrusch hat das Grundstück gekauft.«

»Das ist nicht wahr«, rief Jurrey. »Es sieht wohl so aus; aber sobald ich will, muß er's zurückgeben.«

»Du?« schrie Petrusch ihn an.

»Ich und Edme.«

»Dann kann ich nichts tun«, meinte der Gendarm, indem er sich zu Petrusch wandte. »Wenn Szelags nicht freiwillig räumen will, so muß das Gericht ihn dazu anhalten. Die Polizei mischt sich da vorläufig nicht ein. Ich merke wohl so ungefähr, wie's steht, aber das geht mich nichts an. Vernünftig zu reden ist ja doch mit euch nicht. Ihr haltet nicht eher Ruhe, bis keiner mehr etwas hat.«

»Wenn ich mein Geld herausbekomme,« sagte Jurrey so über die Schultern hin, »so will ich gehen.«

»Wo ist das Geld, das dir der Krüger gegeben hat?« rief die Frau.

Jurrey lachte. »Das liegt vergraben unter dem sechsundzwanzigsten Chausseestein, von links an der Ecke angefangen, wo die drei Grashalme stehen – ha, ha, ha! Geh' hin und such' es.« –

»Es ist alles Schein«, behauptete Szelags vor dem Richter.

Der Schreiber bestritt eifrig. Beim Hinausgehen stieß er ihn an. »Siehst du denn nicht, daß du alles verlierst, wenn du den Prozeß gegen mich gewinnst?« fragte er ihn.

»Das ist mir nun schon ganz gleich«, entgegnete Jurrey. »Verliere ich, so sollen andere auch verlieren.«

Er sollte Beweise dafür beibringen, daß der Kaufvertrag nur zum Scheine geschlossen sei. »Ja –,« sagte er, »als wir das besprochen hatten, ist natürlich niemand sonst zugegen gewesen.«

»So wird Petrusch schwören müssen«, meinte der Advokat.

Jurrey schüttelte den Kopf. »Der schwört falsch. Aber die Edme will ich als Zeugin berufen. Sie wird nicht gegen sich selbst aussagen.«

Die Edme! Das war ein Zug, auf dessen Schlauheit er sich etwas einbildete. In diesem Netze fing er Petrusch und sie zugleich.

Als die Vorladung an Edme kam, geriet sie in große Unruhe. »Was soll ich denn nun aussagen?« fragte sie Petrusch. »Es ist doch wahr.«

»Was ist wahr?« fragte er zurück.

»Daß du nur zum Scheine gekauft hast.«

»Ich? Da bist du im Irrtum. Ich habe in wahrer Absicht gekauft.«

Edme sah ihn verwundert an. »Das magst du einem sagen, der es nicht besser weiß. Ich erinnere mich ganz gut, was gesprochen ist.«

»Es ist gesprochen, daß du und dein Mann ganz ernstlich verkaufen müßtet, sonst könnte der Vertrag nicht halten.«

Ein stechender Blick aus ihren grauen Augen schien ihn ausforschen zu wollen. »Jawohl,« antwortete sie, »aber wir wußten auch, wie es gemeint sein sollte.«

»Wie sollte es gemeint sein?« fragte er dreist zurück. »Was willst du denn? Wenn ich den Prozeß verliere, ist es doch vornehmlich *dein* Schade. Dann wirst du dich mit ihm auseinandersetzen müssen, und du merkst ja, worauf er abzielt. Alle meine Bemühungen für dich sind umsonst gewesen.«

»Für *mich*?« fragte sie mit scharfer Betonung.

»Für wen sonst? Für Jurrey hätt' ich nicht die Hand gerührt. Aber weil ich dir und deinen Kindern nützlich sein wollte, nahm ich das Grundstück an.«

»Und *mir* willst du's hinterher zurückgeben?« fragte sie gespannt.

Petrusch krümmte sich, als ob er Leibschneiden hätte, legte den Kopf auf die rechte und auf die linke Schulter hinüber, schnalzte mit der Zunge und zeigte die schwarzen Zahnstummel. »Was du neugierig bist!« sagte er. »Laß doch jedem Tage seine Sorge! Bin ich dir etwas schuldig, so braucht das nicht bestärkt zu werden. Ich hoffe, du vertraust mir heute wie gestern. Was geschehen ist und was künftig geschieht, das sind zwei besondere Dinge. Ich habe ganz ernstlich das Grundstück gekauft. Ob ich's behalte, ist eine ganz andere Frage, die den Richter nicht kümmert. Ich meine, du kannst den Eid mit gutem Gewissen leisten.«

Das leuchtete Edme keineswegs ein. Aber da er mit den Augen blinzelte und ihr so zu verstehen gab, daß es nicht gut sei, über diesen Gegenstand weiter zu sprechen, schwieg sie und reichte ihm nur die Hand zu, die er ebenso schweigend schüttelte. Sie meinte, recht gut zu begreifen, was er im Sinne hatte. Wenn er ehrlich ... Hm! Und sie hatte doch nur zwischen ihm und Jurrey die Wahl, auf den nun schon gar kein Verlaß war. Leistete sie den Eid nach der Wahrheit, so hatte er sie ganz in seiner Gewalt. Und wer wollte ihr denn nachweisen, daß sie ihn nicht nach der Wahrheit geleistet hatte? Es sah doch niemand in sie hinein, was sie damals eigentlich in Gedanken gehabt.

So handelte es sich bei diesen quälenden Erwägungen für sie vielmehr um die Frage der Nützlichkeit als der Gewissenhaftigkeit.

Einmal auf diesem abschüssigen Wege, war nun kein Halten mehr. Als sie aufs Gericht ging, war ihr Entschluß gefaßt. Sie gab ihre Aussage mit aller Sicherheit dahin ab, sie wüßte von solchen Verabredungen nichts, wie sie Jurrey behauptet hätte. Um seine Gläubiger auszuschließen, sei das Grundstück ganz ernstlich an Petrusch verkauft, der ihr und ihren Kindern den Unterhalt sicherte. Sie wären sonst Bettler geworden. Was verschrieben sei, habe gerade so auch verschrieben werden sollen. Gerade so.

Jurrey war ganz starr vor Staunen. »Und es ist nicht verabredet,« fragte er, »daß das Grundstück an uns zurückverkauft werden sollte?«

»Nein«, antwortete sie. »Es ist wohl davon gesprochen, daß so etwas künftig einmal geschehen könnte, aber es ist nichts festgemacht.«

»Und das willst du beschwören, Edme?«

»Das will ich beschwören.«

»Sie leistet einen falschen Eid, Herr Richter«, rief Jurrey.

»Sie ist deine eigene Zeugin«, ließ dieser ihm durch den Dolmetscher sagen. »Willst du auf ihr Zeugnis verzichten?«

»Nein, sie soll schwören«, antwortete Jurrey, die Faust ballend. »Sie soll ihre Seele dem Teufel verschwören, wenn sie vor Gott keine Furcht hat. Aber sie soll den Eid leisten vor dem großen Kruzifix und auf der schwarzen Decke und bei offenem Fenster. Ich hoffe, sie besinnt sich dann noch.«

Der Richter fühlte sie in das Schwurzimmer, vermahnte sie nochmals, die Wahrheit zu sagen, und hielt ihr eindringlich die Strafen vor, die der Meineidige hier und im Jenseits zu erwarten habe. Der Sekretär mußte seine Worte litauisch wiederholen, und er übersetzte sie ihr in so kernigen Ausdrücken, daß ihr an der Bedeutung kein Zweifel bleiben konnte. »Hast du verstanden?« fragte er noch ausdrücklich.

»Ich habe verstanden«, antwortete sie leise, aber bestimmt.

»Und du willst schwören?«

Ein kalter Schauer überlief sie, und ihre Lippen wurden bleich. Sie sah flüchtig zu Petrusch hinüber, der in der Ecke stand und gar nicht mitgesprochen hatte. Kaum merklich nickte er mit dem Kopfe. »Ja,« sagte sie, »ich will schwören.«

»So leg' die rechte Hand aufs Herz und sprich mir nach –«

Jurrey trat auf sie zu. »Edme, bedenke –«

»Nun ist's genug«, wehrte der Richter ab. »Die Zeugin darf nicht belästigt werden.«

»Ich schwöre – bei Gott dem Allmächtigen – und Allwissenden – daß ich ...«

Der Litauer sprang ans Fenster und stieß es auf. Edme stockte einen Augenblick. Sie wußte, daß er dem Teufel leichteren Eintritt verschaffen wollte. »Daß ich«, stotterte sie, »nach bestem Wissen – die reine Wahrheit gesagt ...« Dann aber faßte sie sich und sprach die Formel des Eides bis zum »Amen« mit fester Stimme.

»Du siehst,« flüsterte Petrusch beim Hinausgehen Szelags in spöttischem Tone zu, »der Teufel hat ihre Seele nicht ergriffen.«

»Er hat sie schon,« antwortete Jurrey verbissen, »verlasse dich darauf! Und die deinige fliegt mit ins höllische Feuer.«

»Da wird sie im Winter nicht frieren«, spottete der Schreiber. Der Prozeß war für Szelags verloren. Er mußte das Grundstück verlassen und wartete nicht erst ab, bis der Exekutor kam. »Oh, wie dumm du gewesen bist«, rief er Edme beim Abschied zu. »Das Grundstück hast du dir abgeschworen. Gib acht! Der Petrusch sitzt schon darauf.«

Er hing sein Bündel auf den Stock, legte ihn über die Schulter und ging pfeifend fort. Er schritt am Marktflecken vorüber und nach dem Hofe des Rayschus. Dort rief er Mare heraus. »Ich bin jetzt wieder ein Losmann«, sagte er, »und habe keine Lust, mich als Knecht zu verdingen, da ich doch einmal Wirt gewesen bin. Kommst du mit mir?«

»Wohin gehst du?« fragte sie, indem sie den Arm um seinen Hals legte.

»Nach der Grenze. Da gibt's für Leute zu tun, die reiten können und Mut haben und ihr Leben für nichts achten.«

»Du willst für die russischen Juden schmuggeln, Jurrey?«

»Ja, und meinetwegen auch für die christlichen Kaufleute in Memel. Wer am besten bezahlt, hat mich.«

»Sie werden dich fangen, Jurrey, und nach Sibirien schleppen. Es ist ein neuer Oberst angekommen, der soll sehr streng sein. Du kennst auch noch nicht die geheimen Wege und Stege drüben.«

»Es will alles erlernt sein«, sagte er leichthin. »Fürchte übrigens nicht, daß sie mich fangen. Ehe ich mich so einem Hunde von Kosaken ergebe, schieße ich mich lieber selbst vom Pferde. Willst du meine Wirtin sein, Mare?«

»Warum nicht?« antwortete sie, ihn küssend. »Es ist viel Geld zu verdienen, und wer Geld hat und frei ist, kann lustig leben. Wir wollen lustig leben – wir sind noch jung –, was die Leute von uns sagen, kümmert uns nicht. Bei Rayschus hätt' ich doch nicht bleiben können. Deine Mutter will das Kind nicht länger behalten, weil die Edme dich doch hat laufen lassen. Nun ist sie ihr nicht mehr verpflichtet, Wort zu halten, und meinetwegen hat sie sich mit dem Jungen nicht gequält. Der Rayschus kann eine Magd mit dem Kinde nicht brauchen. Wenn ich zu dir komme – kann ich den Ansas mitnehmen?«

»Wir wollen erst sehen, wie wir uns einrichten,« meinte er, »späterhin kannst du ihn abholen. Was will meine Mutter tun? Auf die Landstraße darf sie das Kind doch nicht legen.«

»Wirst du mit dem Rayschus sprechen?« »Das soll sogleich geschehen.« Sie gingen hinein. –

Kurze Zeit, nachdem vom Gericht das Erkenntnis ausgefertigt war, ließ Davids Petrusch Edme sagen, sie möchte ihm das Fuhrwerk schicken; seinem lahmen Beine werde der Weg zu schwer.

Sie meinte, er wolle noch etwas mit ihr besprechen, und ließ anspannen. Nicht wenig verwundert war sie aber, als er gegen Abend nicht nur selbst kam, sondern auch den Wagen mit seinen Sachen beladen hatte, so daß die Pferde schwer durch den Sand keuchten. »Was bringst du mir da?« fragte sie wenig freundlich.

»Mein Mobiliar«, antwortete er. »Wozu soll ich länger noch zur Miete wohnen, wenn ich doch ein Grundstück habe?«

Das konnte wieder scherzhaft gemeint sein, aber es klang Edme doch nicht so. »Wie soll ich das verstehen?« erkundigte sie sich daher, während er mit seinem lahmen Fuße langsam hinabkletterte.

»Gerade wie es gesagt ist«, entgegnete er. »Ich habe beschlossen, hierher zu ziehen.«

»Aber wie kommst du darauf? Es ist kein Platz für dich.«

»Für den Wirt muß doch immer Platz sein – he, he, he!«

»Für den Wirt?«

»Gewiß. Du weißt ja doch, wem das Grundstück gehört.«

»Laß die schlechten Späße, Davids«, mahnte sie ein wenig ärgerlich. »Bei mir sind sie nicht gut angebracht.«

»Aber von schlechten Späßen ist gar nicht die Rede. Ich ziehe hier an.« Er knotete den Strick auf, der die Bettstelle, den Tisch, den Stuhl, das Bücherregal, einen alten Kasten und einen gestickten Sack überspannte.

»So zieh' nur gleich wieder ab«, rief Edme. »Ich habe dir schon gesagt: hier ist für dich kein Platz.«

»Dann wird er wohl geschafft werden müssen«, antwortete er ganz ruhig und ohne sich in seiner Arbeit stören zu lassen. »Meine Ansprüche sind übrigens bescheiden. Ich sehe wohl ein, daß du mich nicht in der Stube schlafen lassen kannst, aber mein Tisch und Stuhl werden am Fenster stehen können, und das Bücherbrett findet leicht einen Nagel in der Wand. Zur Nacht will ich vorläufig gern mit der Kammer vorliebnehmen, in der Jurrey bisher geschlafen hat. Mein Bett bringe ich mit.«

»Das ist aber doch zu toll«, schalt sie. »Du kommst ungebeten und fragst nicht einmal, ob du mir genehm bist.«

Er lud die Sachen Stück nach Stück ab. »Wozu habe ich das nötig? Wer viel fragt, bekommt viel Antwort, und sie paßt ihm vielleicht nicht. Willst du mir helfen, das da hineinbringen?«

»Es bleibt draußen!«

»Nein, es kommt hinein, mein Täubchen.« Er rief die Magd herbei und gab ihr seine Anweisungen.

Edme war so verdutzt, daß sie weiter keinen Einspruch erhob. Erst in der Stube, wo er seinen Tisch herumrückte, um ihm das beste Fensterlicht zukommen zu lassen, fuhr sie ihn zornig an. »Jetzt will ich aber wissen, woran ich mit dir bin! Was willst du hier?«

»Von meinem Grundstücke Besitz nehmen«, entgegnete er mit ungewöhnlich scharfem und festem Ton.

»Du bist ein Unverschämter!« rief sie. »Ich denke, du weißt recht gut, was wir verabredet haben. Mit mir sollst du nicht so umspringen wie mit Jurrey.«

»Aber weshalb ereiferst du dich? Die Sache ist ja doch jetzt ganz klar. Ich habe das Grundstück gekauft, und es gehört mir.«

»Das ist eine nichtswürdige Lüge!«

»Du hast es ja selbst gesagt und beschworen«, grinste er.

Edme wurde blaurot im Gesicht. »Ja – weil – auf deinen Rat ...« stammelte sie.

»Gleichviel.«

»Ich gehe morgen aufs Gericht und klage gegen dich.«

Er knipste mit den Fingern in die Luft. »Das wirst du bleiben lassen, mein Herzchen. Was du ausgesagt hast, steht in den Akten, und du hast einen Eid darauf geschworen. Willst du nun behaupten, daß es die Unwahrheit war, so wird man dir nicht glauben. Wenn man dir aber glaubt, so hast du einen Meineid geleistet und kommst ins Zuchthaus.«

»Betrüger!« knirschte sie.

»Für mich hast du die Wahrheit gesagt,« versicherte er, »die reine Wahrheit. Ich muß dir auch in aller Freundschaft raten, dabei zu bleiben. Denn der Herr Staatsanwalt hat ein feines Ohr, und es würde mir unlieb sein, wenn er etwas hörte, wovon er nichts wissen darf. Gib dich zur Ruhe – es ist, einmal nicht anders. Ich bin dein guter Freund nach wie vor, und ich hoffe, wir werden uns recht gut vertragen.«

Edme wälzte sich die ganze Nacht ohne Schlaf auf ihrem Lager herum. Sie kam sich wie an Händen und Füßen gefesselt vor und zog die Stricke doch nur fester an, je ungeduldiger sie sich befreien wollte. Nun war es sicher: Petrusch hatte mit ihr falsches Spiel gespielt. Auf das Grundstück war's abgesehen! Mit ihrer Hilfe hatte er Jurrey abgeschoben, und Jurrey konnte ihr jetzt nicht mehr helfen, dem Betrüger seine Beute zu entreißen. Er hatte recht: sie mußte sich selbst meineidig machen, wenn sie den Richter gegen ihn anrufen wollte. Im eigenen Netze hatte sie sich gefangen.

Sie ging am andern Tage nicht aufs Gericht, und auch am dritten nicht, und überhaupt nicht. Davids Petrusch wurde ihr aber stündlich verhaßter. Sie konnte nicht an ihm vorübergehen, ohne ihm wütende Blicke zuzuwerfen oder vor ihm auszuspeien. Sie nannte ihn einen Schuft und Lügner; am liebsten hätte sie ihm die Augen ausgekratzt, die immer so listig blinzelten. Es gab auf der ganzen Welt keinen Menschen, den sie mehr verachtete. Er schien das gar nicht zu merken, lachte sie aus, wenn sie zornig wurde, gab ihr allerhand Schmeichelnamen, suchte die Kinder an sich heranzuziehen und erzählte den Nachbarn, daß es ihm durchaus wohlergehe.

Edme marterte ihren Kopf mit Gedanken, wie sie sich gegen ihn Recht schaffen könne. Zähneknirschend mußte sie doch schweigen. Das Grundstück gehörte ihr in der Tat nicht mehr. Der Eid – der Eid! Nun fing er ihr erst an aufs Gewissen zu fallen. Wie dumm, wie furchtbar dumm war sie gewesen! Und wie schlecht! Sich in eines solchen Menschen Gewalt zu begeben und gegen Gott zu versündigen!

Es fraß ihr an der Leber. Sie wurde gelb im Gesicht und magerte ab. Jeden Sonntag fuhr sie zur Kirche. Petrusch saß neben ihr im Wagen, und sie mußte ihn dulden, da er ihr sonst kein Fuhrwerk gab. Bald besuchte sie auch noch in der Woche ein- oder zweimal die Versammlungen eines Stundenhalters, der in dem Gerüche großer Frömmigkeit stand und die Bibel besser auslegte als der Herr Pfarrer. Sie fand doch keine Ruhe – Gott wollte sich ihre Sünde nicht abbitten lassen. Und wie dumm war sie gewesen!

Eines Nachmittags, als sie im Garten die Kürbisse aufband, trat Petrusch, auf seinen Stock gestützt, zu ihr und sah ihr auf die Hand. »Du sorgst für alles,« sagte er, »und ich muß dir dankbar sein.«

»Es geschieht wahrlich nicht für dich«, antwortete sie, den Kopf wendend. »Ich denke doch«, meinte er; »es geschieht für das Grundstück.«

»Ja«, sagte sie.

Nach einer Weile begann er wieder: »Du weißt, daß ich volle Macht darüber habe. Ich kann es jederzeit verkaufen, wenn ich will. Ich will aber nicht. Es könnte leicht alles nach deinen Wünschen gehen – unter einer Bedingung.«

Sie sah auf. »Unter welcher Bedingung?«

»Hm!« machte er, »daß du mich heiratest.«

Die Wirkung dieser Worte war ihm vielleicht doch unerwartet. Edme lachte nämlich hellauf, stützte die Hände in die Hüften, betrachtete ihn mit spöttischen Blicken und lachte wieder.

»Du bist ja recht lustig«, sagte er.

»Ja, das ist lustig«, rief sie. »Ich so einen alten lahmen Hund heiraten!« Und sie schüttelte sich wieder vor Lachen.

»Der alte lahme Hund bringt dir aber das Grundstück mit«, bemerkte er.

Nun brach das Lachen plötzlich ab. »Das also hast du dir ausgedacht, du Schuft«, sagte sie giftig. »Ich soll durch dich zum Gespött der Leute werden. Nicht die geringste Magd hat dich nehmen wollen, und jetzt bin ich gerade noch gut für dich.« Sie spie aus. »Pfui!«

»Du weißt ja, was das Grundstück wert ist«, antwortete er unbeirrt. »Heute kann ich überall freien gehen, und selbst einer Jungen werd' ich nicht zu alt sein. Wir beide aber sind in den Jahren ziemlich passend. Und wenn ich um soviel früher sterbe, als ich dir voraus bin, kannst du ja froh sein – he, he, he!«

»So eine häßliche Kröte soll mich nicht anrühren«, zischte sie.

»Du wirst es dir ja überlegen«, sagte Petrusch, den dünnen Hals aus dem Tuche herausdrehend. »Kein Mensch wird mir's verdenken, wenn ich als Wirt eine Frau nehme. Wie du dich mit der verträgst ...« Er zuckte die Achseln.

Da Edme ihre Arbeit fortsetzte, trat er hinter sie und klopfte ihr mit den krummen Fingern auf die Schulter. »Die Heirat macht alles gut«, sagte er. »Bist du meine Frau, so gehört dir wieder das Grundstück, und ich will deine Kinder zu Erben einsetzen auf meinen Teil. Es ist zu bedenken. Drei Tage will ich dir Zeit lassen. Bin ich dann für dich noch immer der alte lahme Hund und die häßliche Kröte, so weiß ich, daß ich dir zu nichts mehr verpflichtet bin.« Sie schob mit der Schulter unwillig seine Hand fort. Als er sich entfernt hatte, sank sie am Zaune zusammen und stöhnte jämmerlich. Ihr war zum Sterben elend zumute. Das durfte er ihr bieten! Und sie war machtlos gegen ihn. Der Eid – der Eid! Gott hatte ihn gehört und strafte sie für die Lästerung seines Namens. Er überlieferte sie dem Teufel, und es war kein Entrinnen mehr. Sie wußte jetzt, wie er aussah. Eben hinkte Petrusch der Haustür zu; zwischen den Zaunlatten hindurch konnte sie ihm mit den Blicken folgen. Sie meinte zu bemerken, daß ihm Hörner aus der Stirn gewachsen waren! Ja! Seine Gestalt hatte der Teufel angenommen.

Seitdem sah sie ihn überall. Als sie abends die Kühe melken ging, huschte er um die Weidenbäume herum. Aus dem dichten Ellerngebüsch am Graben leuchteten feurig seine Augen wie die eines Tieres. Sie sprang entsetzt zur Seite und verschüttete einen Teil der Milch. Dann nahm sie die Eimer und schritt den Pfad am Ufer hinab, aus dem Flusse Wasser zu schöpfen – da saß er auf dem Steg und schaukelte sich. Als sie näherkam, war er in der Dämmerung verschwunden. Aber steckte er nicht den Kopf aus dem Boote hervor, das da angekettet lag? Schweißbedeckt schleppte sie die Eimer hinauf, und wie sie nicht weit vom Hause in die Höhe sah, saß er dort oben rittlings zwischen den beiden Pferdeköpfen und grinste sie an. Es war kein Entrinnen.

Der Eid – der Eid! Wie dumm war sie gewesen!

Edme erinnerte sich, einmal von einer Frau aus dem grenznachbarlichen Szamaiten gehört zu haben, die katholischen Priester könnten Sünden vergeben. Sie hatte ihr's damals abgestritten, aber jetzt kam es ihr wieder in den Sinn. Es wäre doch möglich. Und wenn sie sich erst ihrer Sünde entledigt hätte, müßte ja ganz von selbst ihr Geschick eine andere Wendung nehmen. Der Teufel könnte keine Gewalt mehr über sie haben, und Petrusch müßte das unrechte Gut herausgeben. Der nächste Tag war ein Sonntag. Trotzdem der Himmel mit Regen drohte und ein scharfer Wind pfiff, zog sie ihre besten Kleider an und machte sich schon frühmorgens heraus, ehe Petrusch noch aufgestanden war. Sie ging am Marktflecken vorbei und hielt sich dann rechts in der Richtung auf die Grenze. Es gelang ihr, dieselbe unbemerkt von den russischen Posten zu überschreiten. Der Weg bis zur nächsten katholischen Kirche war noch recht weit, und sie verirrte sich mehrmals. Einen Szamaiten, der Vieh hütete, fragte sie aus, wie man sich bei der Beichte zu verhalten habe. Er schien zu glauben, daß sie nicht richtig im Kopfe sei, bekreuzigte sich und gab nur halbe Antworten. Eine alte Frau, die ebenfalls nach der Kirche ging, war willfähriger und nannte ihr die Formeln, die sie zu sprechen hätte, nachdem sie am Beichtstühle niedergekniet. »Es wird dir aber nichts nützen,« sagte sie, »wenn du nicht unsern Glauben hast.«

In der Kirche benahm Edme sich so auffallend, daß der Geistliche Verdacht schöpfte und sie vom Beichtstuhle zurückwies. »Nicht der Glaube führt dich hierher,« bedeutete er sie, »sondern der Aberglaube. Wie hoffst du da deiner Sünden vor Gott frei zu werden? In seinem Namen kann ich sie nur dem vergeben, der aufrichtig Buße tut. Du aber willst dir seine Gnade erschleichen. Geh! Er wendet sein Angesicht von dir.« Sie blieb nun den ganzen Tag in der Kirche, fastete, kniete vor den Altären, rutschte in den Gängen herum, besprengte sich mit Weihwasser und gelobte dem Heiligen zwei große Wachslichte, wenn er ihr helfe, zu ihrem Recht zu kommen. Das hatte ihr die alte Frau geraten.

Es dunkelte schon, als sie sich auf den Heimweg begab. Das Wetter war recht unfreundlich geworden, der Westwind trieb die Seenebel weit ins Land hinein; sie hingen sich an die einzeln stehenden Bauernkaten und an die Bäume, verdichteten sich nach dem Erdboden zu und schleppten wie die langen Gewänder unheimlicher Nachtgestalten über denselben hin. Edme verließ in einiger Entfernung von der Grenze den Weg, um dem Kordonhause auszuweichen, und gelangte auf eine von Steinen übersäte und mit Wacholder oder niedrigem Birkengebüsch bewachsene Heide. Auf preußischer Seite setzte dieselbe sich fort. Es fehlte ihr jedes Merkzeichen dafür, wo sie sich befand, und sie konnte nicht einmal versichert sein, die Richtung einzuhalten, da sie sich die Kreuz und Quer einen gangbaren Pfad suchen mußte. Ihre Phantasie war erhitzt; oft glaubte sie aus dem Nebel etwas Gespenstisches auftauchen zu sehen, das sie erschreckte. Sie meinte vor Müdigkeit hinsinken zu müssen und wurde doch durch die Angst immer wieder aufgetrieben. Endlich schien es ihr, als ob ein brandiger Dunst wie von schwelendem Torf an ihr vorüberzog. Vielleicht war ein Hirtenfeuer in der Nähe. Sie beschloß, dieser Spur nachzugehen.

Nach einigen hundert Schritten zeichnete sich auf der Nebelwand eine dachartige Figur ab. Der Rauch wurde dichter und drang aus einer Vertiefung vor derselben oder durch die Fugen von aufgeschichteten Feldsteinen. Ein flackernder Lichtschein, bald stärker, bald schwächer, tanzte darüber hin. Nun hörte sie auch das Prasseln des Wacholders. Erst als sie aber ganz nahe gekommen war, sah sie, daß sie eine Hütte vor sich hatte, die nur aus zwei schräg gegeneinander gestellten Strauchwänden bestand, und daß sich auf der dem Winde abgekehrten Seite zwei Menschen, ein Mann und eine Frau, um ein Feuer bemühten, über das ein eisernes Kochgefäß an einer bogig zu beiden Seiten in die Erde gesteckten jungen Birke gehängt war.

Edme stutzte. Sie hatte Jurrey und Mare erkannt. Ehe sie aber überlegen konnte, ob sie lieber vorbeigehen solle, war sie schon bemerkt worden. »Edme –!« rief er, sich auf den Knien in die Höhe lichtend, »bist du's wirklich? Was tust du hier auf der Heide und zu so später Zeit?«

»Sie macht uns einen Sonntagsbesuch,« spottete Mare lachend, »das ist hübsch von der großen Wirtin.«

»Du aber – du ...«, stammelte Edme, noch immer ganz Verwunderung. »Daß ich dich hier finde, Jurrey ...«

»Das ist am Ende nicht so wunderbar«, sagte er. »Ich wohne hier, und wer vorübergeht, muß mich wohl treffen.«

»Du wohnst hier –«

Er zeigte auf das Strohdach. »Das ist unser Haus – nicht sehr geräumig, aber für zwei allenfalls groß genug, wenn's ihnen nur auf einen Schutz gegen Regen und Wind ankommt. Die Tür ist niedrig – man muß hineinkriechen, einer hinter dem andern her. Auf dem weichen Moose schläft sich's doch gut, wenn man zum Schlafen

Zeit hat. Oft wird von hier aus über die Grenze geritten. Sie kommen dann aus den Dörfern mit den Pferden, und die Juden bringen die Waren, die aufgebunden werden sollen. Manchmal liegen die auch hier im Keller unter den Steinen, bis die günstige Gelegenheit abgepaßt werden kann. Es ist ein lustiges Leben und der Verdienst nicht schlecht – man erspart etwas für den Winter. Dies hier ist unsere Küche. Das Feuer brennt sonst munterer; heute kämpft es mit dem Nebel.« Er warf einen Wacholderast hinein und wühlte mit einem Stock in den Kohlen. »Das Essen aber ist bald fertig. Du willst doch unser Gast sein?«

»Wo kommst du her?« fragte Mare.

»Aus Rußland.«

»Wo warst du da?«

»In der szamaitischen Kirche.«

»Was wolltest du dort?«

»Den lahmen Hund, den Petrusch, totbeten!«

»Ah – !«

»Er hat mir das Grundstück fortgestohlen.«

Edme zischte diese Worte durch die Zähne. Das volle Haßgefühl, das sie gegen diesen widerwärtigen Menschen empfand, sprach sich darin aus.

»Jetzt siehst du's also ein, daß du dumm gewesen bist, so einem zu trauen«, sagte Jurrey.

»Dumm – ach, so dumm!« rief sie, mit der Faust gegen die Stirn schlagend. Sie erzählte, was er von ihr verlangte.

»Da bekommst du einen hübschen dritten Mann«, spottete Mare.

»Ich will ihn nicht«, stieß Edme ächzend vor.

»Wirst ihn aber doch nehmen müssen«, meinte Jurrey. »Das Grundstück ist anders nicht zu haben, nachdem du dafür deine Seele verschworen hast. Am Grundstück hängt ja doch dein Herz, daran allein – ich hab's erfahren.«

»Du aber bist schuld, daß ich meine Seele verschwören mußte! Und du selbst hast den Teufel gegen mich angerufen.«

»Das will ich gern zurücknehmen. Der Zorn ist längst verraucht, und ich weiß auch, daß ich dich schwer gekränkt habe. Die Menschen sind nicht gleich. Mein Herz hängt an so etwas nicht; ich hätt' wissen können, daß ich zum Wirt nicht passe. Frei muß ich sein und lustig leben können. Da gefällt mir's hier besser auf der Heide, wo die Vögel ihr Quartier haben. So hat die Welt ausgesehen, als der liebe Herrgott sie geschaffen hat. Wem der Grund und Boden gehört, das bekümmert mich nicht, und so ein Haus ist so schnell gebaut als abgebrochen. Haben wir heute satt zu essen, so fragen wir nicht, wo's morgen herkommen soll, und hin und wieder ein Fasttag ist mir lieber als die stete Sorge um den Vorrat. Es hat mich geärgert, daß du dem spitzbübischen Schreiber zum Munde sprachst, darum ließ ich den Teufel ein, aber hinterher bin ich sehr froh gewesen, daß ich das Grundstück auf so gute Art losgeworden war und keine Schererei bei Gericht hatte. Es ist nichts für mich.«

Edme sah ihn, während er so sprach, mit verglasten Augen an. Er war ihr ganz unverständlich. Nur in dem einen begriff sie seine Meinung, daß ihr am Ende nichts übrigbleiben werde, als Petrusch zu heiraten. Sie schüttelte sich bei dem Gedanken. Aber sollte sie ihm lieber das Grundstück lassen?

Nach einer Minute sagte sie: »Wie komme ich auf den Weg?«

»Warte noch«, antwortete Mare. »Die Kartoffeln kochen schon. Du bist unser Gast. Im Keller liegt auch noch ein Stück Speck, das teilen wir. Du kannst es holen gehen, Jurrey, und zugleich auch die Schüssel und die Blechbüchse mit dem Salz mitbringen.«

Edme setzte sich, ohne etwas zu erwidern, auf den nächsten Stein. Sie war hungrig und fragte nicht danach, wer ihr zu essen anbot.

Mare riß indessen zwei Stücke Rasen aus der Erde, faßte damit den glühenden Kochtopf, zog ihn vom Feuer fort und goß das Wasser ab; es floß zischend und dampfend ins Feuer. Den vom Haken befreiten Topf stellte sie dann auf einen platten Stein, der auch weiter als Tisch dienen konnte, zum Auslüften, bis Jurrey die irdene Schüssel brachte. Ein Messer hatte jeder in der Tasche. Der Speck wurde in Streifen geschnitten und leicht auf den Kohlen geröstet. Die ihr zugeteilten Kartoffeln nahm Edme in den Schoß, die Hände daran zu wärmen.

Das Salz war feucht und zerfloß in dem Blechlöffel, in den es aus der Büchse geschüttet wurde, bei der nebligen Luft bald vollständig.

Während des Essens wurde das Gespräch nur in abgerissenen Sätzen fortgeführt. Jurrey erkundigte sich nach den Kindern, nach den Pferden, nach den Kühen und Schweinen, nach dem Hunde, der gerade von einem Nachbarköter gebissen war, als er wegging. »Ich hatte geglaubt,« sagte er, »der käme mit mir, da wir immer gute Freunde gewesen sind. Aber er begleitete mich nur bis zur Grenze, blieb da stehen und bellte mir zum Abschiede nach. Er war mir gut, aber vom Grundstücke konnt' er sich nicht trennen.«

Dann ging eine Branntweinflasche rundum, und selbst Edme nahm einen tiefen Zug, da der naßkalte Nebel sie durch und durch erkältet hatte. Er strich noch immer in dichten und breiten Schleiern vorüber, im Augenblick selbst die nächsten Gegenstände weißgrau umhüllend, und ebenso rasch wieder forteilend über die Steine, Wacholdergesträuche und Mooskampe der Heide. Mitunter wurde die Mondsichel bemerkbar; es war, als ob der Nebel an den Spitzen hängenblieb und in Fetzen abriß, bis immer dichtere Massen das Licht bewältigten.

Mare trank wiederholt. Sie wurde lustig und sang Schelmenlieder, die in keinem Buche hätten gedruckt werden können. Jurrey unterhielt sich gut dabei und lachte viel. Auch Edme spürte die Wirkung des scharfen Getränks und lachte mit, ohne doch so recht zuzuhören. Es kam ihr so vor, als ob zehn Schritte von der Feuerstelle, auf der jetzt die Kohlen erloschen, etwas Schwarzes in sonderbar wechselnder Gestalt um die großen Steine herumsprang oder über sie hinweghüpfte. Mehrmals sagte sie: »Da – da!« und zeigte mit dem Finger darauf. Und dann war es wieder fort. Einmal fragte sie, sich zu Jurrey kehrend: »Meinst du, daß man den Teufel heiraten kann?«

»Ich glaube nicht, daß er in die Kirche geht,« antwortete er, »aber mit Liebschaften soll er sich gern befassen, und es kann ja sein, daß er auch einmal einen Dummen findet, der für ihn den Segen holt.«

Edme stand auf und sagte, sie müsse jetzt gehen. »Es ist besser, du bleibst hier zur Nacht,« meinte Mare, »den Weg wirst du doch nicht finden. Unsere Kammer ist zwar enge, aber für drei wird Platz sein, wenn sie sich dicht aneinanderhalten. Morgen früh begleite ich dich ein Stück über die Heide.« Sie kicherte schelmisch und küßte Jurrey. »Ich bin nicht eifersüchtig.«

»Der Schwarze wird mich auch nicht vorbeilassen«, sagte Edme halblaut. »Gut – ich will bleiben.«

»So bücke dich und krieche hinein.«

Es geschah. Jurrey folgte und dann Mare. Sie schob sich an seine andere Seite.

Bald schliefen diese drei Menschen, die einander soviel Leid zugefügt hatten, friedlich unter dem Strauchdach.

Am andern Morgen hielt Mare ihr Versprechen. »Wirst du den Davids heiraten?« fragte sie unterwegs.

»Ich muß«, antwortete die Frau. »Der Teufel läßt mir keine Ruhe. Und das Grundstück muß ich doch für meine Kinder zurückhaben.«

»Du denkst nur immer an das Grundstück.«

»Ja.«

Mare zeigte geradeaus auf einen schmalen Plan, zu dessen beiden Seiten die Erde mit der Pflugschar aufgerissen war. »Dort ist die Viehtrift. Gehst du auf der weiter, so kommst du auf den Weg.«

Nach einigen Schritten blieb sie stehen. »Der Petrusch kann noch lange leben,« sagte sie, »du wirst viel Ärger mit ihm haben – das tut mir leid.«

Edme drückte ihr die Hand und biß die Zähne zusammen.

»Wenn es dir zu lange dauern sollte ...« fuhr Mare fort, indem sie in die Tasche griff. »Hier hast du etwas, woran auch der Teufel glauben muß.« Sie schob ihr ein Papiersäckchen in die Hand.

Edme hob den Kopf und sah sie prüfend an. Plötzlich blitzte es in ihren grauen Augen auf. »Ich danke dir«, rief sie, nahm ihr hastig die Gabe ab, ließ sie hinter den rasch aufgerissenen Haken ihrer Weste verschwinden und eilte fort.

Zu Hause angelangt, sagte sie zu Petrusch, der sie spöttisch fragte, ob sie sich nachts auf dem Kreuzwege guten Rat erholt habe, mit einem Blicke des tödlichen Hasses: »Du kannst das Aufgebot bestellen, nachdem du Testament gemacht hast, wie du versprochen.«

»Fahren wir gleich morgen aufs Gericht,« antwortete er erfreut, »du sollst zuhören, was ich verschreiben lasse. Ei, ei, ei! Die Leute werden mich beneiden um so eine Frau. Gleich morgen, mein Täubchen.«

Sie weiß nicht, daß so ein Testament jederzeit zurückgenommen werden kann, grinste er in sich hinein.

Vier Wochen darauf war die Hochzeit »des Lahmen mit der Geschiedenen«, wie es in der Nachbarschaft hieß. Der Hochzeitsbitter mußte auch zu Jurrey Szelags und Mare Admoneit reiten, aber er fand sie in der Strauchhütte auf der Heide nicht. Im Grenzdorfe hieß es, sie seien eine Nacht mit Seidenzeugen nach Rußland gegangen und nicht wiedergekommen. »Von denen erfährt kein Mensch mehr etwas, sie mögen tot oder gefangen sein.« Vierzehn Tage nach der lustigen Hochzeit war die Edme Petruschene zum zweitenmal Witwe.

Die Leute flüsterten sich dies und das ins Ohr, was nicht laut gesagt werden durfte. Man zuckte die Achseln: »Die Frau ist ja nicht richtig im Kopfe – laßt sie in Ruhe.«

Man wollte sie nachts, mit einer langen Stange bewaffnet, um das Haus gehen gesehen haben. Sie müsse den Teufel von ihrem Grundstücke fortjagen, hatte sie geheimnisvoll versichert. »Da, da –! Hinter den Steinen am Graben sitzt er – aber er kann nicht hinüber. Das Grundstück gehört mir.« Und sie hatte mit der Stange zugeschlagen und hellauf gelacht.

»Sie ist nicht richtig im Kopfe – laßt sie in Ruhe!«

Über tredition

Eigenes Buch veröffentlichen

tredition wurde 2006 in Hamburg gegründet und hat seither mehrere tausend Buchtitel veröffentlicht. Autoren veröffentlichen in wenigen leichten Schritten gedruckte Bücher, e-Books und audio-Books. tredition hat das Ziel, die beste und fairste Veröffentlichungsmöglichkeit für Autoren zu bieten.

tredition wurde mit der Erkenntnis gegründet, dass nur etwa jedes 200. bei Verlagen eingereichte Manuskript veröffentlicht wird. Dabei hat jedes Buch seinen Markt, also seine Leser. tredition sorgt dafür, dass für jedes Buch die Leserschaft auch erreicht wird.

Im einzigartigen Literatur-Netzwerk von tredition bieten zahlreiche Literatur-Partner (das sind Lektoren, Übersetzer, Hörbuchsprecher und Illustratoren) ihre Dienstleistung an, um Manuskripte zu verbessern oder die Vielfalt zu erhöhen. Autoren vereinbaren direkt mit den Literatur-Partnern die Konditionen ihrer Zusammenarbeit und partizipieren gemeinsam am Erfolg des Buches.

Das gesamte Verlagsprogramm von tredition ist bei allen stationären Buchhandlungen und Online-Buchhändlern wie z. B. Amazon erhältlich. e-Books stehen bei den führenden Online-Portalen (z. B. iBookstore von Apple oder Kindle von Amazon) zum Verkauf.

Einfach leicht ein Buch veröffentlichen: **www.tredition.de**

Eigene Buchreihe oder eigenen Verlag gründen

Seit 2009 bietet tredition sein Verlagskonzept auch als sogenanntes "White-Label" an. Das bedeutet, dass andere Unternehmen, Institutionen und Personen risikofrei und unkompliziert selbst zum Herausgeber von Büchern und Buchreihen unter eigener Marke werden können. tredition übernimmt dabei das komplette Herstellungs- und Distributionsrisiko.

Zahlreiche Zeitschriften-, Zeitungs- und Buchverlage, Universitäten, Forschungseinrichtungen u.v.m. nutzen diese Dienstleistung von tredition, um unter eigener Marke ohne Risiko Bücher zu verlegen.

Alle Informationen im Internet: **www.tredition.de/fuer-verlage**

tredition wurde mit mehreren Innovationspreisen ausgezeichnet, u. a. mit dem Webfuture Award und dem Innovationspreis der Buch Digitale.

tredition ist Mitglied im Börsenverein des Deutschen Buchhandels.

Dieses Werk elektronisch lesen

Dieses Werk ist Teil der Gutenberg-DE Edition DVD. Diese enthält das komplette Archiv des Projekt Gutenberg-DE. Die DVD ist im Internet erhältlich auf **http://gutenbergshop.abc.de**

Zeitfracht Medien GmbH
Ferdinand-Jühlke-Straße 7
99095 Erfurt, Deutschland
produktsicherheit@kolibri360.de